捨てられ雑用テイマーですが、森羅万象を統べてもいいですか？

SHINRA BANSHO WO SUBETEMO IIDESUKA?

vol.2

覚醒したので最《さい》強《つよ》ペットと
今度こそ楽しく過ごしたい！

TORYUUNOTSUKI

登龍乃月

illustration さくと

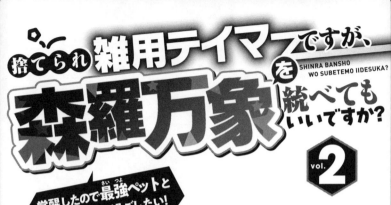

登場人物紹介
CHARACTER
ミミル
鬼岩窟にてテイムされた鬼王の娘。リリスから受けた傷のせいで、幼女化してしまった。
アダム
S級パーティ【ラディウス】で雑用を押し付けられていたテイマー。【森羅万象の王】に覚醒し、第二の冒険者生活を満喫中。
メルト
覚醒したアダムの力によって生まれ変わったケルベロスのサーヴァント。

ロクス
鬼岩窟にてテイムされたロック・ステイスライム。ゆっくりと言葉を学習中？
リリス
幻獣王の娘。アダムの妻になるべく、日々アタックを仕掛けている。
モニカ
“聖女”の称号を賜った敏腕プリースト。慈愛に満ちた聖職者の鑑。

第一章　鬼の祠《ほこら》

「モニカ、あとどれくらいだ？」

今俺達はギルドの印が入った馬車に乗り、何もない平原をかっぽかっぽと進んでいる。

「うーん……恐らくあと二日はかかるかなぁ、アダムさん」

「遠いなぁ……」

「そうだね。王都を出発して今日で二日、ちょうど半分だね」

ストームドラゴン襲撃による甚大な被害から王都が復旧し、日常を取り戻した俺達に、二日前、ギルドマスターのグラーフがとある依頼をしてきた。

目的地は港町《みなとまち》オリヴィエ。

依頼内容はそこにある封印《ふういん》の祠に赴《おもむ》き、封印の調整を行うというものだった。

なんでも年に三回、同じ事をしているらしいのだけど、今回に限って、いつも頼んでいる冒険者と連絡が取れなくなってしまったんだそうだ。

馬車に揺られてのんびり行く必要もないと思ったのだけど、このギルドの馬車に乗っていけば町に入るためのめんどくさい手続きをせず、ストレートに中へ入れるらしい。

こうして俺達は馬車に揺られ、遠路《えんろ》遥々《はるばる》オリヴィエへと向かっているのだった。

港町オリヴィエ。人口は多くなく、住民のほとんどが漁業や海産物の養殖《ようしょく》などで生計を立てている、いわゆる漁師町のような所だ。

小さな町ゆえに冒険者ギルドは存在しない。冒険者ギルドの支部が設置されるのは、もっと人口の多い中規模都市以上となる。

オリヴィエに到着し、その足で町長であり、今回の依頼主でもあるバーニア子爵の屋敷へ向かった。

「すみません。冒険者ギルドから来た者ですが」

バーニア邸の前に立つ警備兵にそう伝えると、屋敷の玄関に通される。待つ事数分。

「お待たせしました。私がバーニア家当主、カイゼル・バーニアです」

身長が高くがっしりとした体つきの男性が俺達の前に現れた。華美《かび》な貴族というよりは、武を重んじるタイプの雰囲気を醸《かも》し出している。

「はじめまして。S級冒険者アダムです」

「A級冒険者リリスですの」

「同じくA級、モニカです」

俺達の自己紹介を聞くと、バーニア卿は一度全員を値踏みするように視線を巡らせた後、柔らかな笑みを浮かべた。

「貴方達が噂《うわさ》のアダムさんとリリスさんですか。そして教皇様より直々に〝聖女《せいじょ》〟の称号を賜《たまわ》ったモニカさん。この度は遠路遥々よくおいでくださいました」

バーニア卿に連れられて応接室に入ると、早々に今回の依頼の話が始まった。

「皆さんに向かってもらう封印の祠ですが、正しくは〝封妖屍鬼《ふうようしき》の祠〟と言いまして、約二百年前に建てられた洞窟型《どうくつがた》の祠です。洞窟の最奥が封印の場所になっております。洞窟内にはモンスター避けの結界が張られているので、中にモンスターが出る事はありません」

「俺達は封印の調整と言われてきたのですが……結界を張り直すだけですか？」

「そうですね、洞窟内の結界を確認していただいて、結界維持のため、護符を貼り替えて欲しいのです。それと、最奥にある祠に封印のために嵌められている魔晶石《ましょうせき》を入れ替えて欲しいのです」

そう言ってバーニア卿はテーブルの上に五つの魔晶石を置いた。

一つ一つ色が異なっており、石の中には小さな炎のような揺らめきがあった。

「祠の周囲には〝トーロウ〟という封印術を構築する柱のようなものが置いてあります。その中の魔晶石をこれと取り替えて欲しいのです」

「分かりました」

「綺麗ですわね」

テーブルに置かれた魔晶石をうっとりするように見つめるリリスとモニカ。

「はっはっは、そうでしょう。この魔晶石は特別製でしてな。見た目だけでなく、そこらのものより遥かに強力なものなのですよ」

二人がこういうのに興味があるのは初めて知った。女性は皆光り物に弱いって本当なんだな。

「作業内容は把握いたしました。それで……ちょっとした疑問なのですが、その封妖屍鬼の祠には何が封印されているのですか？」

ここに来てまた〝鬼〟。〝鬼岩窟《きがんくつ》〟といい〝鬼神剣《きしんけん》〟といい〝鬼王姫《おにおうき》〟といい、つくづく俺は鬼に縁があるな。

「この地に封じられている存在、その名は〝ヤシャ〟」

「……ヤシャ、ですって？」

バーニア卿が告げた名に反応したのは、意外にもモニカだった。

「知っているのか、モニカ」

俺とリリス、そしてバーニア卿の視線が一気にモニカへ集中する。

「はい。聞いた事があります。悪鬼羅刹《あっきらせつ》、鬼童丸《きどうまる》とも呼ばれていた魔獣ヤシャ。確か伝承はこうです……二百年前、各地で暴れ回った鬼のような魔獣ヤシャがおりました。闇の中の暗闇から這いずり産まれたヤシャは村を焼き、国を滅ぼし、老若男女《ろうにゃくなんにょ》問わず食らい漁り、その力を増していきました。特に女子供《おんなこども》の血肉が好物。食らわれた者の屍《しかばね》は仮初《かりそめ》の命を与えられゾンビとしてヤシャに使役《しえき》される。好き放題に暴れていたヤシャですが、人間達により、あらゆる手段とあらゆる知恵を用いて追い詰められ、とうとう力尽き、封印される事になったのです。ただ、弱ったとはいえ強力な存在で、頭、胴体、右腕、左腕、右足、左足、尾、心臓の八つに分け、それぞれを八つの宝珠に封じるのが精一杯だったと……」

「さすがは聖女様、ご存じでしたか。このオリヴィエの近くには、その一つ、頭部の宝珠が封印されております」

鬼。

オーガやオーク、トロール、巨人族の始祖など様々な説のある魔人の一種。

その類稀《たぐいまれ》なる膂力《りょりょく》は大木を薙《な》ぎ倒し、岩をも砕く。

一つ目、二つ目、三《み》つ目に四《よ》つ目など、個体ごとに様々な身体的特徴を持ち、それぞれが強大な力を有するとされる。

古今東西様々な伝説に登場したり、土地ごとの逸話に登場したりと、広く知られた種族だ。

そして俺のスキル【万象《ばんしょう》の宝物庫《ほうもつこ》】の中に作った、サーヴァント達の部屋となる厩舎《きゅうしゃ》の中には鬼王の娘、鬼王姫ミミルがいる。

ミミルは見た目こそ華奢な少女だが、その実力は半端じゃない。

強靭《きょうじん》な生命力と脅威的な戦闘能力は端倪《たんげい》すべからざるものがある。

そして歩く人間射出台、我らがテロメアもS級ダンジョン鬼岩窟でボスを務めるほどの猛者《もさ》。

「リリスは……知らんよな」

「はい。二百年前は私、眠りについておりましたので」

「でも、鬼のような魔獣ってのはどういう事なんです？　鬼ではないのですか？」

モニカが小首を傾《かし》げながらバーニア卿に問いかけた。

「文献を見る限り、容姿は鬼と蜘蛛《くも》と獣を足したようであったとあります。鬼と獅子を合わせたような頭、巨大な蜘蛛の胴体からは鋭く尖った蜘蛛の足が八本、そこに人型の上半身から生えた鬼の手が四本。尻尾には三体の大蛇が生え、その大蛇の頭も鬼の顔をしていたそうです」

なんだよそれ、話を聞けば聞くほど、俺の中で化け物が出来上がっていくんだけど。蜘蛛の体に鬼の手、尻尾から生えた鬼の顔がだいぶインパクトがデカイ。

「大きさは約二十メートル」

デカいわ！

インパクトだけじゃなく、存在そのものがデカかったわ！　テロメアが四メートルくらいだから……テロメアの五倍か、デケェ。

「ヤシャの他の部位はどこに封印されているのですか？」

とモニカが聞くが、バーニア卿は困った顔をしてから首を振った。

「全ての場所は私にも分かりません。封印の管理者達はその昔、それぞれの宝珠を持って別大陸へと散って行きました。私に分かるのはこの大陸にはあと一つ、宝珠が眠っているという事だけです」

「世界中に分散すればその分、悪意のある者の手に渡るリスクを軽減出来る、という事かしらね？」

珍しくまともな事を言うリリス。

人を食べて力を増す魔獣ヤシャ、さらに、ヤシャに食べられた者はゾンビとして人間に牙を剥くのか。命を食らい、不死の眷属を増やしていく、まるで不死者の王と呼べる存在だな。

「話が逸れてしまいましたね。では、よろしくお願いします」

「分かりました」

テーブルの上にある五つの魔晶石をバッグに入れ、俺達は席を立つ。

「あの、すみませんバーニア卿」

「何か？」

部屋を出ようとした所、モニカがふと立ち止まってくるりと後ろを向いた。

「バーニア卿、最近お体の調子が優れないとか、疲れやすいとか、そういう感じ、ございますか？」

「いや？　何も変わらないですが」

「そうですか……いえ、変な事をお聞きして申し訳ありません。失礼します」

「いえいえ、依頼の件、よろしくお願いしますね」

部屋を出る前にそんな会話をして、俺達はバーニア邸を後にした。


「モニカさん、いきなりどうしたんですの？」

堅牢《けんろう》そうな門を抜け、屋敷から少し離れ、海が眼前に広がった頃、リリスが口を開いた。

「え？　あぁ、さっきの事？」

「ですわよ。体調がどうのとか」

俺が見た感じ、バーニア卿は不健康そうには見えなかったし、どちらかと言えば健康そうな御仁《ごじん》だったけど。

「なんていうのかな……バーニア卿から少し、良くないものを感じて」

「良くないもの？」

「うん。呪いとか、そういう類の良くないものじゃないんだけどね。暗い陰《かげ》っていうのかな、そういうのを感じたから、ちょっと聞いてみたの」

「暗い陰、ねぇ。俺は全然感じなかったけどな」

「同じくですわ」

リリスも俺と同じく、良くないものは感じなかったようだ。

「多分、普通の人には分からないレベルの微少なものだったと思う」

「モニカの半分はユニコーンだもんな。厄《やく》みたいなものに敏感なのかもな」

「厄……かぁ。初めて感じるものだったから正体が分からないや」

ユニコーン、その清く高貴な魂は、同じく清く高貴な魂を好む。

聖なる力は強大であり、かつ獰猛さと勇敢さを併せ持つとされ、七つの大罪の一つ、憤怒《ふんぬ》の象徴とされる事もある伝説の幻獣。

その伝説の幻獣の魂が、消えかけていたモニカの魂の半分を担っている。そんなモニカだからこそ、バーニア卿の些細な異変に気付けたのだろう。

「でも、勘違いだったみたいだけどねーへへ」

拳を作り、コツンとこめかみを叩く仕草をしてモニカが控えめに笑う。

「そうだといいが……まぁ、とにかく、さっさと終わらせて王都に帰るとしよう」

「えぇ!?　すぐ帰るんですの!?」

俺の提案に、きりりとした瞳をさらにきりりとさせたリリスが異を唱えた。

「え、嫌なの？」

「嫌ですわ！」

「即答かよ！」

リリスはきっ、と俺を正面から見つめ、その美しい顔を顰《しか》める。

「当たり前ですわ！　アダム様！　ここがどこかお分かりですの⁉」

「お分かりですのって、港町オリヴィエだろ」

「そうですわ！　港！　海！　オーシャン！　キャモメが鳴き、白いしぶきを伴った波が、煌《きら》めく砂浜に寄せては返す。雲一つない晴れ渡った空には、さんさんと輝く太陽！　そしてブルースカイが広がっているのですよ！」

「お、おう」

「分かりますかアダム様！」

リリスは拳を握りしめ、凄い剣幕で詰め寄ってくる。言ってる事は理解出来るし、確かに俺達の目の前には砂浜が広がっているし、波も寄せては返しているけども……

「海に来て仕事だけしてさらっと帰るなんて、貴方はそれでも人ですか！　ろくでなし！　あんぽんたん！　おに！　あくま！」

「言いすぎじゃないか⁉」

「そう言えばもう夏だもんね。リリスさんの言ってる事は分かるなぁ」

「そうでしょう⁉　あぁモニカさん、貴女はやっぱり立派な聖女ね」

雲一つないブルースカイを見上げながら、モニカがぽつりと呟《つぶや》き、そんなモニカの手をがっしりと握るリリス。

「そ、そうかな？　えへへ」

照れるモニカの手をぶんぶんと上下に振るリリスを横目に、俺は潮風を胸いっぱいに吸い込んで空を見上げる。

もう七の月も半分が過ぎた。太陽は肌を焦がすようにじりじりと輝き、木々の緑はさらに濃さを増して揺らめいている。

「夏かぁ」

一年で一番薄着になる季節、水浴びが気持ち良い季節である。

「そう!!　夏なんですアダム様！　なので、私、海に入りたいですわ！」

「あ！　それなら私も遊びたーい！」

リリスの要望にモニカも賛成のようだ。

海かぁ。ま、いいか。俺もここ何年も海で遊ぶなんて事はなかったし、王都でのあれやこれやもあったしなぁ、息抜きというか、リフレッシュというか、羽を伸ばすというか。

そういう事も必要だ。でも。

「別に構わないけど――」

「「やったーー！」」

「おい二人とも、盛り上がるのはいいけど、やる事やってからだぞ」

「「はぁーーい！」」

早速水着の話題で盛り上がっている女子二人を連れ、俺は依頼にとりかかるのだった。

「ここが封妖屍鬼の祠か」

オリヴィエの町を出た俺達は、そこからほど近い、目的地である祠の前にやってきていた。

ここまで数回モンスターに出くわしたものの、全てリリスがワンパンで倒していた。

今回は特に危険もなさそうなので、リリスとモニカ以外のサーヴァント達はお休みだ。

「封印、て感じのする入り口だな……」

祠の入口には太い縄が渡されており、縄には等間隔で菱形の護符のような紙が貼り付けられている。

「長い道のりでしたわね」

「ついに、ついにここまで来たのね」

その縄の下を潜ろうとしたのだが、どうにもリリスとモニカの様子が変だ。

「散っていった者達の無念、必ずや私達が」

「そうよ。皆の心は私達と共に」

「待て、誰も散ってないしそもそも二時間もかかってない。長い旅の果てに魔王城に来ました風に言うのやめなさい」

二人の表情は真剣そのものだったけど、それはただの演技。

こいつらは道中暇すぎたらしく、そういうロールプレイをして遊んでたのだ。

最近、モニカがリリスに影響され始めてきているのか、一緒になってボケ倒してくる事がある。

「行くぞ。真面目《まじめ》にな」

「「はーい」」

女子二人、とっても楽しそうなのはいい事なんだけどなぁ。

壁や柱には、所々結界の護符が貼られており、それをバーニア卿の指示通りにチェックしていく。

「く……ここまでとは、やりますわね……」

「リリスさん！　しっかりしてください！　傷は浅いです！」

「お前らまだやってんの!?　真面目にやってね!?」

この二人は一体何と戦っているのだろうか。

確かに護符の貼り替えも俺がやってるし、二人は本当にただ後ろをついてくるだけだから暇なのは分かるけど……一応お仕事中なんだから……

「ここが最奥か……」

「なんだかイメージと違いますわね」

「うん。凄く綺麗」

中央に設置されている祠は非常に神秘的だった。

仰々《ぎょうぎょう》しい名前だったので、もっとおどろおどろしい所かと思ったのだが。

そこは円形の広間のようになっていて、壁際に沿って水路が掘られている。広間の中心には、祠を中心に五角形を作るようにトーロウが置かれている。

そのトーロウと中央の祭壇のような場所の間にも五角形の水路があり、流れる水には緑色の小さな光が無数に煌めいている。

そして、陽炎《かげろう》が出るような気温ではないのに、祭壇全体がゆらゆらと揺らめいていたのだった。

「……アダム様。おかしいですわよ」

「ん？」

リリスとモニカに魔晶石を持たせ、交換を試みたのだが、小走りにトーロウに駆け寄ったリリスが不穏な声を上げた。

そしてモニカもトーロウの前で首を傾げて俺を見る。二人の意図はすぐに分かった。

なんせ、交換してくれと言われていたトーロウの魔晶石が、あるべき場所に置いていなかったからだ。

「おい、この魔晶石って消費期限が来たら溶けちゃう、みたいな事ないよな」

「蝋燭《ろうそく》じゃないんですから……」

「だよなぁ……とりあえずこの石を嵌《は》めて、バーニア卿に急いで報告だ！」

「「サー！　イエス！　サー！」」

五つの魔晶石を定位置に嵌め込み、俺達は急いで帰路についた。

しかし、バーニア邸を訪ねると、タイミングが悪く不在。

いつ戻るかは分からないと言うので、俺達は執事に伝言を頼んで宿へと戻った。

「んー！　このダイナマイトシュリンプ、身がぷりっぷりで美味しいですわよアダム様！」

「モンガルイカとキノコのアヒージョも凄く美味しいよ！　パンにつけたらもう絶品！」

この二人はどうしてこう、緊張感がないのだろうか。もう少し先ほどの封印の事を考えてくれてもいいと思うのだけど。

「あのなぁ、よくそんなに呑気《のんき》にしてられるな」

「え？　だってないものはないのですし、私達の責任ではございませんわ。それに執事に伝言も残しましたた」

「この先何があるかは分からないけど、食べられる時はしっかり食べるべきだよ？」

確かに二人の言う事はもっともだ。考えていても何も解決しないし……ま、今は食うか。

そうして食事を進めていると、隣のテーブルの人達の会話が聞こえてきた。

「なぁ、最近〝鬼獣教《きじゅうきょう》〟の動きが活発になってるらしいぜ」

「はぁ!?　まじかよ？」

「あぁ。隣の家の息子が見たらしい。それに他にも色々目撃情報がある。ついこの前はどっかの村が襲われたらしい。全滅だとよ」

「ひー……こえーなぁ……」

キジュウ教……聞いた事のない名前だが、何かの宗教だろうか。

明日バーニア卿に聞いてみよう。

そして翌日、バーニア邸を訪れると顔を真っ青にしたバーニア卿が出迎えてくれた。

「そ、それで、他には特に変わった様子は？　新しい魔晶石は嵌めてきてくれたのですか？」

「他に変わった様子はありませんでした。道中の護符も貼り替えておきましたし、石もしっかり嵌め込んできました」

「そ、そうですか……ありがとうございます……」

額に噴き出た汗を拭くバーニア卿の様子を見る限り、やっぱり良くない状況なのだと分かる。

「……急ぎゴレイヌ家に連絡を取らねば。あの洞窟の入口には警備を二人、常駐させていたはずなのに……」

「警備……？」

「そうです。君達も会いましたでしょう……？」

「いえ、祠も、洞窟も入口は無人でしたが……」

「な、馬鹿な……付近に人影は？」

「特に見当たりませんでしたよ」

なんてこった、である。

洞窟の入口には警備員が常駐していた、それが俺達が行った時には誰もいなかった。そして消えた封印の魔晶石。

付近に血痕《けっこん》などは見当たらなかったし、眠らされたか気絶させられたかで、意識をなくした所を連れ去って処分したか、もしくはその警備員が魔晶石を盗んだ犯人の仲間か、犯人そのものか。現時点では何も分からない。

「そうだ。バーニア卿」

「な、何ですか？」

執事に指示を飛ばしているバーニア卿に、俺はある事を聞く。

「昨日、宿の食事処で聞いたのですが、キジュウ教というのは何か関係がありますか？」

「鬼獣教……貴方の耳にも入ってしまったか……私の推測ですが、犯人は恐らく、その鬼獣教の教徒達だと思います。ここ数週間で目撃情報が増加しており、こちらも対応をしようかと思った矢先にアダムさんからの報告ですので……」

「あの、キジュウ教というのは？」

「読んで字の如《ごと》し、鬼のような獣を崇《あが》める教団、ここまで言えば分かるでしょうか」

鬼のような獣。モニカが教えてくれた伝承がすぐに思い出される。

「……ヤシャ……」

「その通り。鬼獣教は封印されているヤシャを信仰する邪教であり、謎に包まれている教団なのです……まともな奴らではありません。殺人をなんとも思わない非道で危険な集団です」

「取締りはしないのですか？」

「それが……奴らは神出鬼没《しんしゅつきぼつ》でして、お恥ずかしい話ですが未だ教団本部はおろか、アジトの一つも見つけられていない状態です」

「そんな……」

「とは言え、今回の依頼は封印の調整ですので……ありがとうございました」

「い、いえ……」

「これが依頼完了の印です。お持ちください」

「ありがとうございます」

依頼書にバーニア卿の印をもらい、俺達はそのまま屋敷を後にした。


「鬼獣教……」

「多くの人達を苦しめた魔獣を崇拝するなんて信じられないよ」

「捻じ曲がった偶像崇拝ですわね。崇めるならアダム様を崇め奉り未来永劫語り継ぐべきですわ」

俺の呟きにモニカとリリスがそれぞれ反応するが、リリスは途中から変な事を言っている。

「それはやめていただきたい」

なんで俺が崇められなきゃならんのだ。崇めれるような伝説や逸話なんて持ってないっつの。

「んー、まぁ考えても仕方ないか。後の事はバーニア卿に任せて、俺達は俺達で羽を伸ばそうぜ」

「そうしましょう！」

「わぁい！」

俺達がどうこう出来る問題じゃないし、少し心苦しいが、後の事は任せてしまおう。

「んじゃ早速……あれ、そういや水着とかあるのか？」

「町の中で服飾屋《ふくしょくや》で見かけましたわ。まだ購入しておりませんけど」

「いつの間に……目敏《めざと》い奴」

「あら、観察力があると言っていただきたいですわね、ふふん」

リリスはドヤ顔しながら胸を張る。

「なんか腹立つ……んじゃ、そこで水着買って、海で一泳ぎすっか！」

「「おーー！」」

服飾屋に行き、別行動をしてそれぞれ水着を選んだ後、雑貨屋で必要なものを買い込んだ。

パラソルに保冷用のマジックボックス、キンキンに冷えたジュース、軽食、タオルにビーチマットなどなど、準備は万全だ。

「うし、んじゃ行こうか！」

「「おーー！」」

「ってアダム様？　どちらへ？　ビーチはあちらですわよ？　そちらは森方面ですが」

「いーんだよ。いいからついて来いって」

「うん……？」

俺は荷物を宝物庫に入れ、不思議そうな顔をしている二人を連れて森へと向かった。

封妖屍鬼の祠の方向にずんずんと進んでいき、途中でコースを変える。

三十分ほど歩いたろうか。目的の場所へと辿り着いた。

「「すごーーい！」」

「だろ？」

リリスとモニカは目の前に広がる大海原《おおうなばら》に感嘆の声を上げ、海面同様に瞳をキラキラ輝かせている。

昨日、祠に行く途中ふざけていた二人は気付かなかったんだろうけど、俺にはしっかりこの場所が見えていた。

周囲が森に覆われており、人がいる様子もない。

ちょっとした秘密のスポット、貸し切りのビーチが俺達の目の前に広がっている。

ただ問題は——

「ねぇアダムさん」

「ん？　なんだ？」

「これ、どうやってビーチまで行くの？」

「見た所断崖絶壁《だんがいぜっぺき》ですわね」

そう。森の中からでは分からなかったが、ビーチと俺達の間には切り立った崖があった。

俺達のいる場所から下までは、多分三十メートルくらいはある。

「まぁ任せろって」

ただそこは俺も馬鹿じゃない。ちゃんと考えがある。

「テロメア、出ろ」

『お呼びで』

厩舎から出てきたテロメアに、ちょっとしたお願いをする。

「頼みがあるんだけど、俺達を抱えながらこの崖を降りられるか？」

『問題ございません』

俺の問いかけにテロメアは即答する。

「その手がありましたわね。てっきりジャンプして降りるのかと思いましたわ」

テロメアが俺の頼みを肯定した事が分かったのか、リリスは自らの脳筋な考えを頭から追い出す。

「んじゃリリスはそれでいいぞ」

「んあん！　アダム様のいけずう！」

という事で、俺達はテロメアの逞しい腕に包まれながら、大迫力の崖を降りていった。

はたから見たら、巨人がボルダリングしてるように見えるんだろうな。

『到着です』

「ん、さんきゅな。どうせだからテロメアも遊ぼうぜ」

『えぇ!?』

「お、それはいいね。いっその事、皆出しちゃえば？」

「それもそうだな」

驚いているテロメアを横目に、モニカの提案に従い、メルトとロクスも厩舎から出す。

「ミミルも出て来いよ。久しぶりの出番だぞ？」

「ぬう……いたし方あるまいて……笑うでないぞ。特にトカゲ」

「誰がトカゲですってえぇ？」

厩舎の入口から、久しぶりのミミルの声が聞こえた。

そして、ゆっくりとその姿が見えてくるのだが――

「久しいな、我が主様《あるじさま》よ」

「あ、貴女！　本当にあのクソ鬼ですの!?」

ミミルの挨拶に反応したのは、俺ではなくリリスだった。

「さよう。ちいとばかりサイズがおかしいがの……なんでかこれ以上元に戻らんのじゃ」

「なんですのなんですの！　それは卑怯《ひきょう》ですわよ！」

厩舎から出てきたミミルは少し恥ずかしそうに頬を染め、チラチラと俺を見上げる。

鬼岩窟で出会った当初は、確か身長百六十センチ近くはあったはずなのだが、今目の前にいるのは身長百センチあるかないかほどの、幼女化したミミルだった。

髪の毛はリリスに首を切られた時に一緒に切られてしまっており、腰まであった紫がかった黒色の髪の毛はボブくらいの長さになっていて、それがさらに幼く感じさせる。

「元の大きさに戻れないのか？」

「さよう。困ったものじゃな」

「ミミルちゃんお久しぶり！」

「モニカも健勝そうで何よりじゃの」

どうやらモニカとミミルは厩舎の中で仲を深めたらしく、仲良く挨拶をしていた。

こう見ると、小さな子をあやしているお姉さんみたいに見えて、とても微笑ましい。

幼女化したといっても鬼は鬼なんだけどな。

「あれ、そう言えば、ミミルちゃんの水着買ってないや」

ミミルはきょとん、とした顔をしてから、にぱっと笑って言った。

「問題ない、妾《わらわ》は自由に服を変えられる。見ておるがよいぞ」

「まじかよ」

「オニオニフォルムチェンジ！　てやっ！」

懐からかんざしを取り出したミミルは、かんざしを頭上に掲げて大きく円を描いた。

リリスといいミミルといい、変身する時はいちいちこういう掛け声をかけなければならないのだろうか。

みるみるうちに変身が始まり、ミミルの体が黒と紫の光で包まれていく。

「やだ、何それかっこいいですわ！」

リリスが目をキラキラさせて興奮している。自身も【ドラゴプリンセスモード】があるし、恐らく変身が好きなのだろう。

『おお、姫、なんと神々しい……』

元の服が分解され、新しい服に再構築されていく姿に、テロメアが目を輝かせている。

「完成なのじゃ。いかがかの」

「なんで長年眠りについてたのに現代の水着事情を知ってるのかとか、ちょっと突っ込みたいけど……いいと思うぞ？　控えめで。うん、可愛い」

ミミルの水着はシンプルなもので、淡いオレンジ色のレオタードのような水着だった。

肩紐や下半身のラインにフリルが付いている可愛らしいものだ。

真っ白な肌をしているだけに、淡いオレンジがよく映える。

「そ、そうかの……えへへ」

「きぃぃー！　この鬼幼女！　そのあざとい上目遣いをおやめなさい！　はしたないですわ！」

はしたないっていう言葉はリリスが一番使っちゃダメな言葉だろ。

「それではアダム様、私とモニカは、ちょっとあの岩場で着替えてまいりますわ」

「待っててね！」

水着を手にしたリリスとモニカがそう言って歩き出す。

「着替えを覗《のぞ》くのはいけませんわよ？」

「覗かないから早く着替えて来いって！」

岩場に向かうリリスと呆れ顔のモニカを見送り、俺は着ている服を脱いだ。

俺は水着を買った時、すぐに着替えて履いていたのでぬかりはない。

水色をベースに白いリーフの模様が入ったシンプルなものだ。

『マスター！』

『ここ誰もいないのー？』

『無人島？』

「無人島ではないけど、俺達以外はいないから、メルトもロクスも思いっきり遊んでいいぞ！」

『『わーーい！』』

『ロクスあそぼー！』

『いあいあ！　ふんぐるい！　むぐるうなふ！』

お、ロクスの奴ちょっと言葉になってきてるじゃないか。

そのうちちゃんと喋れるようになりそうだな。楽しみだ。

メルトは早速砂浜を走り回っては、ごろごろと転がったり寄せては返す波に喧嘩《けんか》を売って噛みついたりしている。

そういやメルトって、海見るの初めてだったな。

『姫、お体の再生が完全でないようですので、なんなりとご用命ください』

「うむ。こんなナリになってしまったからのう。乳もぺたんこじゃ」

幼女に傅《かしず》いている四メートルの巨人ていうのも迫力があっていい。

『僭越《せんえつ》ながら元からぺた――ぐふぉっ！　ぶべっ！　ガハァッ』

とか思ったら腹パン――からのビンタ、とどめのかかと落としか。

見た目は可愛らしい幼女だが、パワーは健在のようで、四メートルもある巨体が腹パン一発で数メートルも浮いていた。

恐るべし鬼姫。

砂煙を上げてぶっ倒れるテロメアだが……まぁそれはお前が悪い。

「テロメア。世の中には言っていい事と嘘を吐《つ》いてでも言わない方がいい事が存在するんだ。覚えておけよ。お世辞ってのを覚えような」

『ぎ……御意……ぐふう……！』

「テロメアよ。妾がなんて？」

ミミルは砂浜に倒れたテロメアの頭を踏みつけ、目を鋭く光らせた。

『な……なんでも、ございませぬ……』

「よし。どれ、妾も水と戯《たわむ》れてくるとしようかの。テロメア、ついてくるのじゃ」

『は！　このテロメア、全身全霊を捧げお相手仕《つかまつ》ります！』

あいつ、グーパンとビンタとかかと落としの三連撃を食らったってのにピンピンしてやがる。

テロメアも高ランクの鬼だし、あの程度じゃなんともないんだろうな。

「あーだーむーさーまっ！」

「お、お待たせ……」

「着替え終わったの……か」

岩場から出てきた二人の姿を見て、俺は言葉を失ってしまった。

リリスは自分のグラマラスボディを自覚しているのだろう。真っ赤なビキニで肩紐が細く、首に一回巻きつけるタイプのやつ。褐色の肌に合っていて、健康的な躍動感がある。

「ど、どうかな？」

モニカは愛用の錫杖《しゃくじょう》と同じく純白のビキニだが、リリスのように攻めている感じではなく、清楚なビキニといった感じ。腰は短めのパレオで覆われていて、胸元の大きめなリボンが特徴的だ。

これが水着聖女の破壊力か……

「ふ、二人ともよく似合ってるよ。うん」

「本当ですの!?　やりましたわ！」

「えへへ、こういう水着初めてだからちょっと恥ずかしいな。でもありがとう」

「いえこちらこそ」

美女二人の水着を前に、ついこちらからもお礼を言ってしまった。

こういうのに馴染みが薄い俺にはかなり刺激が強く、どこに目をやればいいのかが分からない。

「アダム様ーどうしたんですの？　もっとしっかりじっくり見てくださいまし」

「わっ、馬鹿！　やめろ！」

そんな俺の様子に気付いたのか、リリスは悪どい笑みを浮かべつつ体を寄せてくる。

腕で胸を挟んで思い切り寄せながら、下からえぐり込むように俺の視界に飛び込んでくる。

「行きましょうアダム様！」

「わ！　引っ張るな！」

リリスにぐいぐいと手を引かれ、俺の煩悩は一時中断、そのまま波のベッドに放り投げられた。

バッシャアン、という音と派手な水しぶきが上がり、俺の体がぐるぐると波に揉まれる。

「てめぇ！　やりやがったな！　そりゃそりゃ！」

俺は即座に立ち上がり、両手で水をすくって、思い切りリリスにかける。

「きゃっ！　やりましたわね！　食らいなさいモニカ！」

「えぇ私!?　わぷっ！　ちょっとぉ！　このう！」

モニカも巻き込まれ、そのまま三人での乱戦が始まった。

そこにメルトが面白がって参戦し、巨体を使って上手く波をかけてくる。

『ゆきますぞ！　それぇい！』

テロメアはと言えば、少し深い所に立ち、自慢の六本の腕で水を思い切り押し、大きな波を発生させていた。

ミミルは漂流物であろう木の板の上に寝そべって上手い具合に波に乗っている。


ひとしきり楽しんだ後、俺がパラソルの下で寝転んで休憩していると、ミミルがやって来た。

「どうしたのじゃ、主様」

「ミミルか。遊ぶのはもういいのか？」

「しばしの休息じゃよ。今はあの面妖《めんよう》なスライムと選手交代じゃて」

ミミルの視線の先を見れば、ロクスがモニカと砂遊びをしているのが見えた。

無数の触手を器用に操《あやつ》り、物凄い速度で何かを作っている。

「何を難しい顔をしとったのじゃ？」

「んー？　まぁちょっとな」

ミミルはその瞳をすう、と細め、少しだけ首を傾ける。

はらりと動いた前髪の間から、二つの可愛らしい小さなコブが見えた。

「なぁミミル、ヤシャって知ってるか？　鬼のような魔獣らしいんだけど」

「はて……鬼のような魔獣……？　何年前の話じゃ？」

「二百年前らしいんだけど」

「ううむ、その頃はまだ妾は生まれておらぬからなぁ……鬼のような魔獣……ヤシャ」

「聞いた話によると……」

俺が聞いたヤシャの特徴や鬼獣教の事をミミルに話すと、目を瞑《つぶ》ってうむむ、と何かを思い出しているような顔をする。

そして薄く目を開いて言った。

「それはヤシャではなく、〝獣鬼《じゅうき》〟ではないのかの？」

「ジュウキ？」

「うむ、まれに生まれる鬼の獣よ。牛鬼《ぎゅうき》や牛頭《ごず》、馬頭《めず》などとも呼ばれる異様の鬼じゃな。まぁ名前は色々、生まれる獣鬼もそれぞれじゃからな。鬼百足《おにむかで》なんてのもおったぞ？」

「そうなのか……」

「聞いた感じでは獣鬼だと思うがのぉ。で、ソレが封印されておるのか？」

「そうなんだよ。でも、俺がどうこうするって話じゃなくて、ただ気になるってだけの話なんだけどな」

「実際目にしてみんとなんとも言えぬがの」

ミミルはそう言ってマジックボックスから冷えた果実ジュースを取り、きゅっと飲み干す。

「その獣鬼が復活したら、其奴《そやつ》を食えば妾の力も戻るやもしれんな」

そんな恐ろしい事を言い出した。

「おい」

「分かっておるて。もしもの話じゃよ。妾とて、みだりに人の世を乱そうとは思っとらん。ただ封印の石が取り除かれていたという事は、封印を解こうとしておる奴がおる証拠じゃろ？　ならばと思ったまでよ」

「それが多分、鬼獣教……」

「獣鬼を崇める愚か者、か。人は何を求めておるのかの。獣鬼は災厄《さいやく》をもたらす悪意の塊のようなもの、我ら鬼族の間でも忌み嫌われる存在じゃのにのう」

そう言ってミミルは水平線を見つめた。

その後しばらく思い思いに遊び、

「そろそろ帰るか」

空が茜色に染まっているのを見ながら俺はそう言ったのだが――

「嫌ですわ！」

言うと思ったよ！

「まぁまぁリリスさん、もう暗くなるし」

モニカがリリスを宥めようと声をかけてくれるが……

「これから星の海の下、さざなみ響く波打ち際で、アダム様と将来の事を語り合うのですわ。子供は何人欲しいとか、家は屋敷か城かとか、今後の世界の行く末とか、そういう色々を！」

「うるせぇな⁉」

「あはは……」

相変わらずなリリスだが、そう思うほどに楽しんでくれたんだろう。

一方、ミミルはテロメアの逞しい腕の中ですやすやと寝息を立てていた。

久しぶりに外に出て、尚且《なおか》つ本調子ではないのにはしゃぎまくったから疲れてしまったんだろう。

実に天使な寝顔。鬼なのに天使とはこれいかに。

「むきぃ！　あの鬼娘！　寝る時すらあざといなんて許せませんわ！　この！　ほっぺつんつんの刑ですわ！　つんつん！」

そんなミミルの頬を、リリスが人差し指でつんつん突《つつ》いている。でも、許せないとか言うわりに、実はそんなに怒ってないだろお前。ちょっとニヤけてるじゃん。

「子供の寝顔は天使だねぇー。可愛いなぁ」

モニカもにへにへして頭を撫でているし、テロメアも多分にやにやしてる。顔が怖いからよく分からないけど。

「はむぅ……とう、さまぁ」

テロメアの腕の中で、ミミルがそんな可愛らしい寝言を漏らした。

夢の中で父親と会っているのだろうか。

そう言えば、リリスやミミルをもし仮に娶《めと》るとなったら……

俺、幻獣王と鬼王の二人に謁見《えっけん》して、娘さんをくださいって言わなきゃいけないの？

あぁでも、幻獣王の方は向こうからリリスを送り込んできてるわけだし、反対どころか両手を広げて迎えてくれるだろう。

って事は、鬼王が鬼門てわけか、鬼だけに。

挨拶に行ったら「どこの馬の骨とも知れぬ男に娘はやらん！」とか言って殴られそうだ。

「どうしたの？　難しい顔して」

俺が考え込んでいると、モニカがこちらの顔を覗き込みながら尋ねてくる。

「ん？　あぁいや、なんでもないよ。ただちょっと、この先どうなるのかなって」

「そうだよね。鬼獣教の事、不安だよね」

「うーん、そうだな」

モニカが心配している事と、俺の心配している事の内容が違いすぎてちょっと謝りたくなる。

第二章　襲撃

宿に帰った俺達は夕食を済ませ、それぞれの部屋で明日の出発に備えて荷物を纏《まと》め、眠ろうとしていた。

リリスはよほどこの町が気に入ったのか、「あと二、三泊はしましょう」と言ったのだが却下した。

「準備も終わったし、寝るか」

と俺が呟いた時。

ズドォオオン！　という大きな爆発音が聞こえた。

「はぁ⁉」

急いで窓の外を見ると、町の中のある場所に巨大な火柱が上がっていた。

あの場所は——

「アダム様！」

「アダムさん！」

扉が勢いよく開き、ネグリジェ姿の二人が飛び込んでくる。

「リリス！　モニカ！　急いで支度しろ！　出るぞ！」

「「はい！」」

二人が引き返したのを横目に、俺は急いで寝巻きを脱いで普段着に着替える。

あの場所はバーニア邸だ。

爆炎が包むあの立派な建物は、バーニア邸以外に考えられない。

支度が終わった二人と合流して、俺達は急いで屋敷へと向かった。


「マジかよ……」

屋敷の門前に辿り着いて、俺は愕然《がくぜん》とした。

立派な屋敷の半分が吹き飛んでおり、辺りには警備兵や使用人と思《おぼ》しき死体と、黒いローブに身を包んだ死体が散乱していた。

【冥府逆転《めいふぎゃくてん》】で死者を蘇生《そせい》し助けようと思ったが、なぜだか魂が一つも残ってない。

瓦礫《がれき》もあちこちに飛散しており、周囲の家に被害が出ているようで、近隣住民が外で大騒ぎしている。

そんな住民達を見つつ、屋敷の敷地に踏み込んだ。

リリスに周囲を消火してもらいつつ、俺達はバーニア卿の姿を捜す。

そして書斎の中に、倒れているバーニア卿を発見した。

「バーニア卿！　ご無事ですか！」

「バーニア卿！」

「う……君は……アダムさん、じゃないか……」

急いで抱き起こすが、バーニア卿は青い顔をしていて呼吸が浅い。

「リリスはバーニア卿を背負ってくれ！　モニカはバーニア卿の治癒を！」

「うん！」

「はいですわ！」

虫の息のバーニア卿をリリスに背負わせ、モニカが後ろから回復術をかける状態で外に出たのだが……そう簡単には行かせてもらえそうにない。

「誰だ？　お前ら」

死体と瓦礫が散乱する広い庭、そこで黒いローブを頭から被った怪しげな集団が俺達を待ち受けていた。

「その男を渡せ」

「断ると言ったら？」

「なぜ断る？」

リーダーらしき男が尋ねてきた。

「質問に質問で返すのは良くないって教わらなかったか？」

「知らん。まあ、渡そうと渡すまいと、貴様らの命もいただくがな」

「それは丁重にお断りさせてもらうよ」

「女二人と怪我人一人を庇《かば》いながら、この人数に勝てるとでも？」

ローブの男達は約二十人といった所。

もし、仮にこれ以上の増援が来たとしても、俺としてはなんの問題もないのだけど。

「何を黙っている。最初の勢いはどうした。命乞いの準備は出来ているか？　平伏し、従順に命を捧げる覚悟はあるか？」

ローブの男は背中から幅広の曲刀《きょくとう》をすらりと引き抜き、優越感たっぷりに言う。

「うるさいな」

「なんだと……？」

「勝利を確信して凄いキメてる所悪いんだけどさ、たった二十人如きで俺達を倒せるとでも？」

「たった二十人、だと……？」

「出ろ、メルト、ロクス」

俺の呼びかけに応じ、スタッ、べちょり、という音を鳴らし、地面に二つの影が立った。

『わんわんおー！』

『どしたのどしたの？』

『そのおじさん大丈夫？』

『ふんぐるい！　ふぉまるはうと！』

その瞬間、ローブの男達に動揺が走ったのが分かる。

二匹の言葉は俺とリリスにしか聞こえない。

男達からすれば、三つの頭を持った大型の獣型モンスターが唸っているように聞こえているはずだ。

ロクスは……知らない。

知らないけど、何本もの触手を伸ばしている大きなスライムは、それなりに威圧感がある。

それにロクスだって俺にテイムされた事でステータスが上がっており、S級くらいの強さはある。

ただ出番が少ないだけなのだ。

『ふんぐるい！　くとぅぐぁ！』

「ん？　なんだ？」

触手をにょろにょろしながら、ロクスが何か言いたげである。

まだ明瞭に意味を汲み取れるわけではないから、通訳を頼みたい所だ。

『ふぉまるはうと！　んが、あぐあ！』

『ここは自分に任せてくれって』

『倒してしまっても構わんのだろう？　って』

『言ってると思うよー』

「なるほど、いいぞ。ロクスさん、こらしめてあげなさい」

ロクスは身を震わせ、太めに作った二本の触手でマッチョポーズを取った。そして――

「くく！　たかがスライムごとっ」

ロクスはにょろにょろと男達の前に進み出ると同時に触手を数本、勢いよく伸ばした。

嘲笑うようなセリフを吐いた男をはじめ、触手に狙われた男達の頭部がぱちゅっと消し飛んだ。

『あろえろるふぐたむん！』

ロクスはやる気いっぱいだ。

彼らの実力はロクスの足元にも及ばなかったようで、ロクスが三度触手を振り回しただけで言葉を発する者は一人を残すのみとなった。

「どうかな？　うちのたかがスライム君は」

「ば、馬鹿な！　あり得ん！　二十人近くいたというのに！」

「認めたくない現実から目を逸らす。人はこれを現実逃避と言う」

「くそ！　貴様何者だ！」

「お前に名乗る名前はないッ！」

バルザックがやってたあれ。俺を捨て駒にした【ラディウス】のリーダー、バルザック。そんな奴と同じ事をしたがるのは変に思われるかもしれないが、あいつの事はもう許した。それに、このセリフはとにかく格好いいから、一回は言ってみたかったんだ。

やってみると存外気持ちのいいものだな。まあ、倒したのは俺じゃないけどね。

「貴様ぁっ……！」

「で、どうするんだ？　お前も死ぬか？　それともお前の目的を洗いざらい話すか？」

「断る！　我らが使命、我らが悲願、決して誰にも邪魔はさせん！　また会おう強きテイマーよ！」

一人残ったローブの男はそう言うと、何かを地面に叩きつけた。

途端に闇が噴き上がり辺りを覆ってしまった。

「待て！」

反射的にそう言ったが、これで「はい、なんですか？」と待つような奴ではないだろう。

『あんごるもあ！』

『『暗いよー！』』

慌てるロクスとメルトの声が聞こえるが、暗いためその位置が分からない。

「……逃げられましたわね」

「あぁ。とりあえず今はバーニア卿の治療が最優先だ。治療院よりモニカに任せた方が早い。ここだと二次災害の危険もあるし、とりあえず宿に帰るぞ」

ロクスとメルトを厩舎に取り込み、俺達は宿へと直行した。

「大丈夫ですか？　バーニア卿」

水を差し出すと、バーニア卿はベッドから体を起こし、一気に飲み干してぷはぁと息を吐いた。

モニカの回復術により、バーニア卿はすっかり回復したようだ。

「本当に助かりました。ありがとう」

「いえいえ、それより何があったんですか？」

「……どこから話したらいいものやら……」

「ただの賊《ぞく》、というわけでは、もちろんなさそうですね」

バーニア卿は組んだ手元をじっと見つめ、一度目を閉じてから口を開いた。

「はい。お祭しの通り、奴らは……鬼獣教です。目的は、ストックしてあった封印用の魔晶石と……〝夜雷《よらい》の宝剣《ほうけん》〟だと思われます」

「夜雷の宝剣……？　奪われたのですか？」

バーニア卿は閉じていた目を薄く開き、悲しげな表情で首を縦に振った。

「全部奪われたというわけではありません。奪われたのは封印用の魔晶石のみです。夜雷の宝剣はここに」

バーニア卿はそう言って羽織っていた上着をめくり、腰に帯びた長剣を見せてくれた。

「なんで封印用の魔晶石を？」

「あの魔晶石は……封印の魔力を増幅する力を持っていますが、個人で持てば封印ではなくその個人の魔力を大幅に上げる、魔力増幅石ともなる大変貴重なものなのです」

それは随分と便利な代物だな。奴らが欲しがるのも分かる。

「そうだったんですか……では、夜雷の宝剣はなぜ？」

「この夜雷の宝剣は……ヤシャの骨と爪から作られた魔剣なのです」

「魔剣ですって⁉　どうしてそんな綺麗な……」

バーニア卿の言葉にいち早く反応したのは、モニカだった。

「でも、その剣からは邪悪な気は感じられませんが……」

「もちろん、徹底的に浄化はしてあります。浄化作業には数年かかったそうですが」

「呪いなどはないのですか？」

「ありましたよ。それはもう酷いものだったそうです。それを数年かけて浄化し、宝剣としたそうです。強大な敵が現れたとしても、必ず撃ち倒す事が出来る、そう伝えるために残したのだと先代は聞いたそうです」

「そうですか……」

心配そうな顔のモニカを見て、バーニア卿は「ふっ」と優しい笑みを浮かべた。

そして宝剣を腰から取り外すと、俺に向けて差し出した。

「アダムさん、君はS級だ。出来ればこの宝剣を守って欲しい。私では力不足ゆえ……こんな事を頼めるのは現状で君しかいない」

「……分かりました。必ずや」

「正直、持ち去ってくれても構いません」

「しませんよ、そんな事」

悪戯《いたずら》っぽくそんな事を言うのは、きっと重苦しくならないようにとの気配りか。

バーニア卿はきっと部下にも慕われているのだろう。

「実は……鬼獣教との争いは何年も前からあったのです。私の所に来たのは初めてですが、他の封印の地にて幾度も衝突が起きていました」

「国は動かないのですか？」

「もちろん動いています。各国の騎士団や冒険者ギルド、情報屋、商人、聖職者、あらゆる人々が動いて対抗しています。しかし、鬼獣教の規模は驚くほど大きく、その教徒は全世界に散らばっていると見られています」

「なんで、そんな邪教なんかに……」

ヤシャが復活すれば自らの生活、生命すらも危険に晒されるかもしれないのに、なぜそれほどの規模になったのだろうか。

「一説では、ある日突然天啓《てんけい》のようなものを受けるそうです。そしてそれは教徒が減れば減っただけ起こる、と」

「いたちごっこじゃないですか」

「そう、ですね。ですがそれが現状なのです。戦っても戦っても終わらない戦い。これもある意味、ヤシャが世界にかけた呪いのようなものでしょうかね」

そう言ってバーニア卿は再び横になり、静かに目を閉じた。

その顔はひどく疲れ切っており、どうする事も出来ない、という思いが表れていた。

「屋敷の皆にも悪い事をしました」

バーニア卿は呟いた。

「私がもっと警戒していれば、こうはならなかったかもしれません。兎《と》にも角《かく》にも、こうなってしまった以上、鬼獣教との戦いは避けられません。アダムさん、もし良ければ、鬼獣教討伐のため、私に雇われてはくれませんか」

「バーニア卿に、ですか?」

「そう。もちろんリリスさんやモニカさんも同じく雇います。ギルドの方には私から連絡をしておきます。緊急事態という事で、向こうも納得してくれるはずですから」

「乗りかかった船です。構いません」

「では……書類は後ほど用意いたします。この宝剣を貴方にお任せします。突然の事ながら……よろしくお願いします」

「はい、お願いします」

こうして俺はバーニア卿に雇われ、オリヴィエに滞在する事が決まった。

「……我ら・の・悲・願・、俺が相対した鬼獣教徒の男はそう言っていました。何か心当たりはありますか?」

そう言えば、と俺は気になっていた事をバーニア卿に聞いてみた。

「彼らの悲願は間違いなくヤシャの復活です」

「やはり……そう、ですか」

「ヤシャを復活させて何をしたいのかは……教徒達を捕らえて吐かせるしかありません」

ヤシャ復活の先の目的までは、バーニア卿も把握出来ていないみたいだ。

「分かりました。俺が捕《つか》まえます」

「それは頼もしい！　ですが、無理はしないでくださいね」

「大丈夫ですよ。俺には強い仲間がいますから」

親指を立て、自信満々に笑うとバーニア卿も少しだけ笑みを浮かべた。

「私はこれから衛兵の詰所へ向かいます。何ぶん私の命も狙われるでしょうからね。とりあえずは牢なりなんなり、保護してもらいますよ。何かあれば詰所に来てください」

「分かりました」

体を起こしゆっくりとベッドから立ち上がったバーニア卿は、軽く衣服を整えて部屋から出て行った。

「やれやれ……大変な事になったな」

ベッドに腰掛けて、夜雷の宝剣を改めて見てみる。

ずっしりとした重みが感じられ、鞘《さや》や柄《つか》は見事な意匠《いしょう》が施されている立派なものだ。

鞘には小さな宝玉が五つ嵌め込まれていて、その輝きは封印用の魔晶石と同じものを感じる。

柄はサーベルのようにハンドガードがあり、ハンドガードには何かの呪文のようなものが刻み込まれていた。

剣をすらりと引き抜くと、両刃《りょうば》の刀身が姿を現す。

黒い刀身には複雑な銀の模様がびっしりと浮かび上がり、光を受けて鈍く反射していた。

それはまるで闇夜に輝く雷光のようであり、夜雷の宝剣という名に相応しいものだった。

これが魔獣ヤシャの骨と爪から作られたなど、言われなければ分からないほどの素晴らしい作り。

握っているだけで、心の奥底から闘志が漲《みなぎ》ってくるような、不思議な高揚感を感じる。

軽く振ってみると、ヒュン、という風切り音が鳴る。

重みはあるけど、手に馴染む重さで悪くない。

「かっこいいですわね」

「禍々《まがまが》しいような、でも猛々しいような、雄々しさを感じるよ。これが夜雷の宝剣かぁ」

リリスとモニカもそれぞれの感想をこぼし、俺の握る宝剣の刀身をじっと見つめていた。


次の日、俺達はバーニア邸を訪れていた。

屋敷の半分ほどが焼け落ちてしまっており、被害の大きさが窺《うかが》える。

そして、炭になった瓦礫の所々に、黒こげになった人間の手足がちらほらと見える。

庭の死体は全て回収されている。

しかし瓦礫の中にあるものは、堆《うずたか》く積み上がった瓦礫を取り除かない限り回収される事はない。

そんな光景を前に、モニカは跪《ひざまず》いて祈りを捧げている。

「メルト。敵の臭いを追えるか？」

『出来ると思うよー』

『まかせてー』

『あいつらすっごい臭かったからー』

呼び出したメルトは昨日のローブの男が立っていた辺りをふんふんと嗅ぎ――

『見つけた！』

『あっちのほう！』

『ぷんぷん匂うー！』

「あっち……？」

メルトが示したのは、ヤシャの頭が封じられている祠の方向だった。

「そうか……！　あいつら封印を解く気か！　リリス！　モニカ！　急ぐぞ！」

俺達は、勢いよく駆け出していったメルトの後ろを追いかけた。

町を抜け、森に入り、しばらく進んだ所でメルトがぴたりと立ち止まって困り顔を向けてきた。

「どうした？」

『匂いが二つになったの』

『昨日の匂いはあっちの祠？』

『似たような匂いはあっちの海に向かってる』

「何……？」

メルトはそれぞれの首で方向を示し、真ん中の首がしょんぼりと項垂れた。

「メルトのせいじゃない。偉いぞ。それなら二手に分かれるか」

「私はアダム様と行きますわ！」

リリスが勢い良く名乗り出る。

「馬鹿、そしたら誰がモニカを守るんだ」

「あう、そうですわね……」

「リリスはモニカと一緒に祠の方へ向かってくれ。リリスも匂いを追えるだろう？」

「お任せあれですわ！」

「ごめんねリリスさん、ありがとう」

胸をどんと張り、自信満々に言うリリスに、モニカがお礼を伝える。

「俺はこのままメルトと一緒に海の方へ向かう。なんかあったら合図してくれ」

「分かりましたわ！　アダム様もお気をつけて」

手を振る二人を見送り、俺はメルトの背に乗って海へと向かった。

この道、昨日俺達が遊んだあのビーチに向かう道だ。

「そうだ。どうせなら……ミミル、出られるか？」

厩舎に呼びかけて入口を開くと、ぴょん、とミミルが飛び出してきた。

地面にあった岩の上に降りると、履いていた下駄がからん、と軽やかな音を奏でた。

「呼んだかえ？」

「ああ。この先に鬼獣教の奴らがいる可能性がある。手を貸してくれ」

「任されよ。ナリは童《わっぱ》とて、力はそれなりに戻ってきておるからの」

「ちなみにどれくらい？」

「そうじゃのう。大体三分の一といった所じゃの」

「三分の一でテロメアをぶっ飛ばすのか……すげぇ」

見た目は幼女、中身は鬼、その名はミミル。

「およ？　トカゲ女と半霊娘はおらんのか」

「リリスとモニカは別行動中だ」

「ほーかほーか。ならば、今は妾が主様を独占出来る、という事じゃな。だからとて、何をしようとも思っとらんがの」

「そりゃ結構。ずっとそのスタンスでいてくれ」

「箪笥《たんす》？」

「す、た、ん、す！　立場って事！」

ミミルのきょとんとした顔を見る限り、わざとボケたわけじゃないらしい。

この鬼姫さんは横文字に弱いのか？

「なるほど！　主様は博識《はくしき》じゃの！」

ぱっつんの前髪を揺らし、にぱーと笑うあどけなさ。

『よろしくねー鬼のお姉ちゃん！』

『背中乗るー？』

『お運びいたすー！』

メルトが嬉しそうにミミルの周りを回る。

「乗れってさ」

「む。良いのか。では頼む」

「よし、それじゃ行くぞ」

ミミルは俺の後で横座りし、器用にバランスを取って乗っている。

メルトも尻尾をぶんぶんと振って実に楽しそうだ。

ここだけ切り取ると、ピクニックにでも行きそうなほど長閑《のどか》な光景なんだけどなぁ。

そうこうしているうちに、俺達は切り立った崖の上に来ていた。

下には白い砂浜が広がっていて、鬼獣教の姿はどこにもない。

「本当にこっちなのか？」

『ほんとだよー』

『この下ー』

『遊んだ所だねー』

再度確認した上で、テロメアを呼び出して崖を降りようと思ったのだが——

「行こうぞ」

「へ？　や、ちょま！」

『『おおお⁇』』

あろう事かミミルが俺とメルトを担《かつ》ぎ上《あ》げ、そのまま崖からダイブしたのだ。

「あいやあああ！」

『『いやっほおー！』』

数秒の浮遊感を味わい、ずどん、という音と砂煙を上げて着地すると、ミミルは俺とメルトをぽい、と放り投げた。

「ごほっごほっ！　いきなりだなぁおい！」

「この方が速かろ？」

「そうだけど！　びっくりするわ！」

「説明するのがめんどかったんじゃ、許してたもれ」

「まぁいいけど……」

幼女に担ぎ上げられた自分の姿を想像すると、なんとも情けないというか、恥ずかしいというか……ミミルは鬼なのだから、力持ちなのは別段驚く事でもないのだが……でも、それはほら、男の沽券《こけん》ていうか、ね。

『こっちー』

「はいはい」

メルトは尻尾をぶんぶんと振りながら、俺達が遊んだ場所とは逆の方向を首指していた。

海岸線に沿って進んでいくと、唐突に入り江に出た。

砂浜はそこで終わっており、代わりに人一人がかろうじて通れるくらいの幅の岩場が続いていた。

入り江の奥はそのまま洞窟になっており、海水が流れ込んでいる。

メルトは跳ねるように岩場を進んで行って、洞窟の前でこちらを振り返った。

『ここだよー』

「慎重に進め、ロクスも出ろ、景色に溶け込みながらついて来い」

『いあいあ！　かでぃしゅとぅ！』

「ミミルは俺の横だ」

「おっけー、なのじゃ」

「分かってはいるだろうけど、全員静かにな、必要な時以外は口閉じてろよ」

俺がそう言うと、ミミルとメルトがふんふんと首を縦に振った。

ミミルは下駄を脱いで素足になり、その下駄を手甲《しゅこう》のように拳に嵌めた。

から、ころんと鳴るのは困るしな。そして洞窟に入り、ぺたぺた、てしてし、と道なりに進む。

入口から差し込む光が段々と弱くなり、代わりに闇が徐々に存在感を増す。

このままでは、お互いの姿はおろか、足元を確認するのも難しくなる。そこで——

「ミミルには暗視のスキルがあったよな。使えるか？」

「任せてたもれ【夜光《やこう》の瞳《ひとみ》】」

ミミルがスキルを発動すると、暗闇に染まりかけていた視界が緑と白を混ぜたような色に変わる。

ロクスは元々暗い所、鬼岩窟の奥地に生息していたため、このスキルは必要なさそうだ。

これで闇に紛れて鬼獣教徒を追う事が出来る。

洞窟は海食洞《かいしょくどう》のようで、天井からは何本もの鍾乳石《しょうにゅうせき》が垂れ下がっていた。

洞窟内には海水が流れ込んでいるので、壁際の細い岩場を進んでいく。

すると、数メートル先の壁に、大きな丸い穴が開いているのを見つけた。

「主様よ、この穴は魔法でくり抜かれておるようじゃ。鬼獣教徒がいるとしたら、この先ではないのかの」

「だろうな、けど、かなり大きいな」

穴の前に立って上を見上げると、高さ三メートルはありそうだ。

その穴の中を進んでいくとやがて――

「いた」

穴の奥は封印の祠と同じような広さにくり抜かれており、壁には等間隔で松明《たいまつ》が設置されていた。

そして、その中心には、鬼獣教徒らしき者達が十人ほどで円を描くように座り込んでいた。

「何してるんだ……？」

「儀式に見えるのう」

「まさか封印を解くつもりか」

「その線は十分ありえるのぅ、主様どうするのじゃ？」

「もちろん止める、そんでとっ捕まえる」

「大人しく捕まりそうな奴らではなさそうじゃがの」

「まぁな」

ヒソヒソと作戦会議を終えると――作戦と呼べるものは何一つ提案してないけど――俺とミミル、メルトとロクスは実に堂々と姿を見せた。

出入口はこの穴しかなさそうだからな、逃げたきゃ俺達を倒して行くしかないのだ。

「そこまでだ！」

俺の上げた大声が洞窟内に反響し、教徒達が一斉にこちらを向いた。

「何奴！」

「貴様らに名乗る名前はないっ！」

決まった、やっぱり気持ちいいぞこれ、クセになりそう。

軽い高揚感に包まれながら腕を組み、教徒達をぎらりと睨みつける。

ここからあーだこーだと言い合いが始まると思いきや。

「ミミルじゃ」

凛《りん》とした涼やかな声が俺の横から響いた。ミミルよ空気を読め。

「言うんかーい」

「ぬ？　ダメじゃったか？」

「だってほら、俺が貴様らに名乗る名前はないっ、てビシッとキメたわけだからさ」

キメていたものだから、恥ずかしさが半端じゃない。

「あー、ほーかほーか。ならば妾も名乗ってはいかんのじゃな？　おいそち達、妾の名は忘れよ」

「なんか調子狂うなぁ……」

茶番のようなやりとりだが、教徒達は実にお行儀よく待ってくれていた。

「貴様ら、ここに何をしに来た？」

リーダー格らしき男が一歩進み出て、懐から短剣を取り出しながら聞いてくる。

「決まっている。お前達の企みを止めにだ」

向こうはやる気、もちろん俺も平和的解決の道など考えてはいない。

「そうか、だが遅い！　儀式は既に完成したのだからな！　ふぅーっはっはっはぁー！」

「……完成した、だと」

「いかにも。封印は解かれ、我らがヤシャ神様のご降臨となる！」

「ヤシャ神様ね。けど、ここにあるのは頭だけだそうじゃないか」

「くくく……だが頭だ。頭があるのとないのとでは、大いに違うだろう？」

「くっ……確かにそうかもしれないな」

八つに分断されたうちの一つという事に変わりはないのでは？　と思わなくもないが、教徒がそう言う以上、頭とはそれだけ重要な部位なのだろう。

「さらに！　解いた封印はこの頭だけではないっ！」

「ナッ、ナンダッテー、ソンナーバカナー」

なんか機嫌良く情報を話してくれてるから、このまま語らせておこう。

ちょっと棒読みかもしれないけど、ま、気付いてないしいいだろ。

「くくく、怖かろう、恐ろしかろう。既に片腕と尻尾の封印が解かれているのだ！」

「フ、フウインヲトイテナニスルツモリナンダータノムーメイドノミヤゲニオシエテクレー」

「いいだろう。ヤシャ神様の全ての封印を解き、この世を絶対の混沌に導く、そしてヤシャ神様とその下僕《げぼく》たる我らが世界を手にするのだ！」

「ソ、ソンナァー！」

教徒達の目的を知り、大仰《おおぎょう》に驚いてみせる。ちらとミミルを見れば笑いをこらえるのに必死そうだ。その時、突然ズズズ、と小さな地鳴りが起きた。

「いよいよだ！　目覚めたまえ！」

リーダー格らしき男は歓喜の声を上げながら、両手を広げて天井を見上げた。

地鳴りは揺れへと変わり、天井が崩落し、男の頭上に大きな岩石が落下する。

「なっ」

男は断末魔の声を上げる暇もなく、呆気《あっけ》なく押し潰されてしまった。

そして、それは他の教徒達も同じで、十人ほどいた教徒は、全員崩れ落ちた天井の下敷きとなってしまっていた。

もちろん俺達の上にも降ってくるが、そこは【聖壁《せいへき》】を張ったので問題はない。

見ると、空中に大きな宝珠が浮いており、それが木っ端みじんに砕け散った。

「我、復活セリ」

土煙が立ち込める中、そんな声が聞こえた。

ざらざらとした違和感のある声は、人の出せるものではない。

「ササゲシ供物《くもつ》……足リヌ」

「あーあ、復活しちゃったよ」

土煙を吹き飛ばし、封印されていたヤシャの頭部らしきものが実体化した。

「どうする？」

俺はミミルへと問う。

「ちと食ろうてみるわい」

「はいよ」

ミミルはそう言うと、数メートルはある復活したてのヤシャの頭部に飛びかかっていった。

地面を蹴り、高々と宙を舞うぱっつん幼女は、そのままヤシャの頭部にしがみついた。

「ヌ」

「寝起きそうそう悪いがの、お主、ヤシャなぞ大層な名前しとるが、ただの獣鬼ではないか」

「鬼カ」

「ああ、鬼王の娘じゃ、獣よ」

ヤシャの頭部は巨大ゆえ、飛びついたミミルがさらに小さく見える。

ヤシャの目は真っ赤に血走っており、巨大な口には鋭い牙が何本も並んでいる。だが、ミミルは気にした様子もなく鼻面に座り込む。

「我ヲ食ラウカ」

「そうじゃな」

「ソレモマタ、イイダロウ」

「随分と潔いのう」

「力ノ差ニ気ヅカヌワケガナイ。ダガ、我ノ魂ハ不滅、貴様ノ内カラ食ロウテクレル」

「ぬかせ。獣如きが妾を食らうなど不可能じゃ」

ミミルと自分の力の差を感じ取ったヤシャは暴れもせず、食われるのを待っている。

そして、ミミルが勢いよく手を振り上げ、その眉間に突き刺した。

ヤシャの頭部は光の粒子となり、ミミルの小さな体に吸い込まれていく。

けぷう、と腹を撫でるミミル。食べるといっても口からというわけではないようだ。

「どうだ？」

「ダメじゃの、此奴《こやつ》、長年封印されていたせいか、力が弱まってスカスカじゃ。それに食ろうたのは頭だけじゃからな。多少は力になったが……その程度じゃな」

二百年前、暴虐の限りを尽くし、当時の人々を恐怖と混乱のどん底に叩き落としたヤシャ。

その正体はミミルの予想通り、鬼の姿や特徴を宿した獣、獣鬼だった。

伝承では強大な力を持った存在であったが、頭だけとは言え、その最後がここまで呆気ないと、誰が予想出来ただろうか。

ミミルが強すぎるのか、ヤシャの力が減退《げんたい》しすぎたのか、それはもう分かる事ではないけど……

瓦礫の下にある鬼獣教徒の死体をちらりと見て、なんだかなぁと思う。

目的は聞き出せたけど、その他にも聞きたい事は山ほどあった。

と、ここまで考えた時、閃きが走った。

この穴の位置や、ここでヤシャの封印を解こうとした事を考えると、ここは恐らく封印の祠の真下、という事はこの上にリリス達が追っている教徒達がいるはずだ。

天井にはぽっかりと穴が開いているが、上の様子が分かるわけでもなさそうだ。

「のう主様や」

「なんだ？」

「一番最初に死んだ男が言っとったじゃろ？　他の封印も解いたと」

「言ってたな」

「食べたいのじゃ。やはり、あんな獣鬼でも全てを食えばそれなりに力が戻るかもしれぬ。他にもエサがあるのなら食べたいと思うのが道理じゃろ？」

今のままでも十分強いとは思うが、やはり力が万全ではないのは気に入らないのだろう。

「妾が食べないと、この世界にヤシャが災いとして降りかかる事にもなるのじゃぞ！」

「分かった分かった。別に反対してないだろ」

「という事は!?」

「どうせならミミルの力を取り戻しちゃおうぜ」

「おおー！　さすが我が主様じゃー！」

ミミルは嬉しそうに手を叩くが、その手にはまだ下駄が嵌まっているために、カンカンカンカン！　とやたら騒々しい拍手になっていた。

◇　◇　◇

「さぁ行きますわよモニカ！」

「うん！　リリスさん！」

アダム様と泣く泣くお別れをした私とモニカは、この前訪れた洞窟の入口まで来ました。

入口はこの前と何も変わらず、ぽっかりと大口を開けていますわ。

「ねぇねぇリリスさん」

「なんですの？」

「敵の臭いする？」

「えぇ、そりゃあもうフローラルでほんのりと甘いシャンプーの……ってこれはモニカの香りね。相変わらず女の子のお手本のような方ですわね」

「えへへ……それほどでもあるかな」

「この女認めましたわ……」

てれてれと頭を掻きながらも、どこか自信があるような、誇らしいような、そんな表情を見せるモニカは本当に女の子ですわ。

振る舞い、雰囲気、話し方、仕草の一つ一つが可愛らしい。まるで純真無垢《じゅんしんむく》な子ウサギのよう。

また、顔立ちも美しく可憐《かれん》、まつ毛もバッサバサ、儚さと気高さを両立させていますわ。

きっとこういうタイプが男の庇護欲《ひごよく》を掻き立てるのですわね。

これが聖女、侮りがたしですわ。ま、私も負けてはおりませんけど？

モニカが静ならば私は動、空と海、山と川、月とスッポン、あ、いえ、これは違いますわね。

「モニカ、そろそろですわ。念のために【聖壁】を」

「うん。リリスさんは……いらないか」

モニカは自らに【聖壁】を使い、私にも聞いてくれます。

「そうですわね。私の外皮は鱗《うろこ》がなくともそれなりの強度ですから、ちょっとやそっとじゃ、私のこの玉の肌に傷一つつきませんわよ」

「凄いなぁ。でも本当にリリスさんのお肌ってすべすべしてて綺麗だよね」

「あっ、んもう、どこ触ってるんですの！」

スリットから覗く私の太ももをさわさわ撫でながら、モニカは小さく舌を出してウインクを一つ。

「えへへ、つい触りたくなっちゃった」

あぁ、これは女の私でもちょっとドキッとしてしまいますわね。

聖女たる者はこうも魔性の女であらねばならないのでしょうか。

「さ、遊んでないで行きますわよ」

「うん」

そんなこんなとあれやこれやで、私達は洞窟の最奥、封印の祠へと辿り着きました。

そして案の定、トーロウの中に封印用の魔晶石は入っていません。トーロウの周囲にはローブ姿の鬼獣教徒が二十人、二重の円を描いて座り込みぶつぶつとなんかを唱えていますわ。

封印を解く儀式でしょうね。それくらい私でも分かりますわ。

「どうする？」

「決まっていますわ。正面から堂々と、毅然として叩き潰すまでですの」

「叩き潰しちゃダメだよ。アダムさんは捕まえるって言ってたんだし」

「あ、そうでしたわね。つい」

私とモニカは、潜んでいた岩陰からすっくと立ち上がり、朗々と声を上げます。

「そこまでですわ！」

「っ！　貴様ら何者だ！」

教徒達は突然の闖入者《ちんにゅうしゃ》に狼狽《ろうばい》しながらも、すぐに立ち上がり、短剣を構えます。

そして、そんな教徒達を睨《ね》め付《つ》けながら、私は腕を組んでこう言うのですわ。

「お前達に名乗る名前はないッ！　ですわっ！」

決まった、これはかんっぺきに決まりましたわ。

ミッドナイトに攻め込んだ時に、バルザックが使っていた言葉。

あの時からずっと、いつか使いたいって思っていましたの。

不覚にも私、あの時バルザックがかっこよく見えましたわ。バルザックのくせに、ですわ。

「ここに何をしに来た！　我らの邪魔をするというのなら……その首、掻っ切ってヤシャ様に捧げてやろう！」

「決まってますわ。アダム様の言いつけ通り、捕縛させてもらいます！」

「貴方達は、何をしているのか分かっているのですか！」

睨み合いをしていた私の前に、突然ずいと出たモニカが、純白の錫杖を突きつけて威勢の良い声を上げました。

モニカの予想外の行動に、驚いてしまいます。

「え、ちょ、モニカ？　私がズバッと決めているのに割り込まないでくださる？」

「貴方達のせいで大勢の罪のない人々が亡くなったのですよ！　それを、懲りもせずに悪鬼羅刹たるヤシャを復活させるなんて、これ以上好きにはさせません！」

「聞いてますの？」

「貴方達の蛮行《ばんこう》、決して許しません！　大人しくお縄について、神の下で悔い改めるのです！」

「この子聞いてませんわ」

私の言葉もどこ吹く風、モニカはふーっ、ふーっ、と荒く息を吐いて教徒達を睨みつけていますわ。

「はぁ。なんにせよ、貴方がたに恨みはありませんけど、企みは阻止させてもらいますわ。無駄な抵抗はおよしなさい？　本当に無駄だから」

私は組んでいた腕を下ろして腰に手を当て、ため息交じりにそう言いました。

どうやらモニカのお怒りスイッチはとうに入ってしまっていたようですわ。

本当にこの子は底なしの聖人ですわね。人の命がかかわると人が変わってしまうほどに。

人は死ぬ。あっさりと死ぬ。ころっと死ぬ。瑣末《さまつ》に死ぬ。呆気なく死ぬ。

幸せは不平等でも、死は平等に、全ての命ある者に訪れる。

不死者と呼ばれる存在ですらも、死の理《ことわり》から逃れる事は出来ないのですわ。

不死者は生者よりも圧倒的に死ににくい、というだけなのですわ。

ですが、モニカは不条理に散る命を許さない。君死にたもう事なかれ。

きっと、モニカは自分の命が続く限りは、救える命は全て救いたいと願っているのだと思いますわ。

どうしてそこまでの献身と優しさを持つようになったのかは……なんとなく想像がつきますわ。

「ふん！　女二人で何が出来るというのだ！　止めたければ力ずくで止めてみせればいいだろう！」

どうやら私達は完全に舐められているようですわね。

教徒達は短剣を構えながらゆっくり私達との距離を詰め、一勢にモニカへと襲いかかっていきましたわ。

教徒達も多少やり手のようですけれど、モニカに触れる事も剣先が届く事もありません。

純白のユニコーンズホーンをシャンシャンと鳴らしながら動き回るモニカは、何かの舞を舞っているかのよう。

連続で襲い来る凶刃をひらりと躱《かわ》し、錫杖の先で、石突《いしづ》きで、教徒達が振るう煌めく銀閃を尽《ことごと》く捌《さば》いています。

この場にいる二十人の鬼獣教徒達は、二人の女どころかモニカ一人に翻弄《ほんろう》されていますわ。

ちなみに私は、手ごろな岩に座って観戦中。

地面にはちょうど十人の教徒達が転がっていますけど、大丈夫、ちゃんと生きてますわ。

「中々やるな！　女！」

「貴方達はなぜヤシャを復活させようと目論むのですか！　なぜ世界に混沌と破滅をもたらしたヤシャを信仰するのです！」

「決まっている！　それが我らの使命であり救済だからだ！」

「たくさんの人の命が奪われるかもしれないのですよ！」

「は！　話にならんな！　まさしく聖女様の口ぶりだ！　素晴らしい心がけ、聖職者の鑑《かがみ》だな！」

「私はモニカ、聖女モニカです！　全ての人々を救う光となりて、邪を滅す神の代弁者です！」

モニカが高らかに名乗りを上げた直後、カキィン！　と教徒の短剣が打ち上げられ、腹と頭に一撃ずつ純白の錫杖が叩き込まれた。

「が……ヤシャ様に……栄えあれ……」

ぐるん、と白目を剥いて倒れ込む教徒の体を、モニカはそっと抱きとめた。

その顔は怒りと悲哀の色が色濃く浮き出ていましたわ。

「お疲れ様ですわ」

「うん」

モニカが目を閉じて、ふう、と小さくため息を吐いたのと同時に地鳴りがし、やがてグラグラと揺れが始まりました。

揺れはすぐに止まり、私達の真下に何かの気配が出現したのを感じます。

「な、何……？」

「……ヤシャが復活したのかもしれませんわね」

「え、でも……感じる力はそんなに強くないよ？」

「長年の封印で力が削がれているのか、頭部だけだからそう感じるのか……」

そんな事を話している間にその気配は消失し、代わりに重い破壊音と共に目の前の地面が崩れ落ちました。

地面が破壊された衝撃で土煙が舞い、それに巻き込まれた私達は思わず咳き込んでしまいました。

視界は悪くとも、何が地面を突き破って出てきたのかは、すぐ分かりましたわ。

この気配、この匂い、長く長く離れていたせいで私の胸に歓喜の嵐が吹き荒れます。

恋い焦がれ、いつまでも愛し愛されたく愛し続けられるであろうお方。

「……ぁ」

その声が、その仕草が、私の生きる原動力となっているのですわ。

あぁ早く、早く今すぐ抱きしめてもらいたい。

「アダム様あああああん！」

「うわっ⁉」

◇　◇　◇

ミミルと共に天井をぶち破ると、案の定そこにはリリスとモニカがいた。

再会にはしゃぐリリスを適当にあしらった後は、転がっている鬼獣教徒達を一箇所に集めた。

全員命は無事なようだ。

正直リリスの事だから二、三人は殺《や》っちゃってるかな、とか思ってたけど、それは杞憂《きゆう》だった。

「それでアダム様？　この有象無象はどうするのですか？」

「尋問してアジトの場所を聞き出そう。その後は……俺達も鬼獣教徒のふりをして敵地に潜入する作戦かな。そこで情報を得られれば、既に復活している他の部位をミミルに食わせたいかなぁ」

「え！　ねぇアダムさん！　他の部位も復活してるの!?　しかもそれを食べるって何!?　理解が追いつかないよぅ～！」

モニカ達はその事は聞き出せていないのか。

「そうらしい。だが、それがどこにいるのかが分からない。理解が追いついてなくても大丈夫だ。先の事はまだ考えなくていい。とにかくヤシャをミミルが食う、それだけだ」

「うん!?　わ、分かった……？」

「貪《むさぼ》り食ってやるぞい！　ワレ、オマエ、マルカジリ、じゃわい」

平《たい》らな胸を大きく張りながら言うミミル。問題はどうやって鬼獣教のアジトに乗り込むか、なんだけど……それについてはノープランだったりするんだよな。

ここにいた鬼獣教徒達はモニカとリリスにしばかれてるわけだから、絶対に案内なんてしないだろうし。

「う、うぅ……」

どうしようかと考えあぐねていると、教徒の一人が目を覚ました。

ダメ元でちょっと言ってみるか。

「起きましたか兄弟よ」

意識が朦朧《もうろう》としている教徒の肩に手を置いて、俺は優しく語りかけてみる。

「ん……お前は……？」

「私は信徒の一人、ヤシャ様復活の儀が執り行われると聞いて馳せ参じました」

「……嘘を吐け」

ダメだった。だがまだ！

「な、なぜ嘘だと？」

「鬼獣教の信徒は必ずこの黒いローブを身に纏う。決してそんな格好はしない」

「ぐぬぬ……！」

「それにその後ろでこそこそしてる女二人は俺達をボコボコにした化け物じゃないか。嘘を吐くならもっとマシな嘘を吐け」

教徒は目に憎しみをたたえながら、俺の背後にいたモニカとリリスを睨みつけた。

「私は化け物ではなくドラゴンですわ！　首をねじ切りますわよ！」

「ばっ……化け物……私が……」

「ひぃぃ！」

リリスはなんら影響はないみたいだが、モニカは自分が化け物と言われた事にひどくショックを受けているみたいで、肩をわなわなと震わせる。

「誰が化け物ですか！　化け物は貴方達でしょう！　尊い命を弄《もてあそ》ぶ貴方達には、天罰が下る事を覚えておきなさい！」

ブチ切れた。ショックだったのではなく、お怒りになったのだ。怒髪天《どはつてん》をついたのだ。

モニカは教徒の胸ぐらを掴み、激しく前後に揺すって殺意のこもった視線を叩きつける。

それだけで教徒はびびってしまったのか、ひぃひぃと言うだけでなんの反論もしなかった。

どうせ懐柔《かいじゅう》作戦も効果ないだろうし、かといってこいつをサーヴァントにするのも誰得だよってなるからお断りだし。

いい案ないかなぁ、とため息を吐いた時だった。

モニカは怒りを収め、いつもの調子に戻り、目を伏せながら呟いた。

「あまり使いたくはないんだけど……」

「ん？　なんかいい案があるのか？」

「えっと、ね。法術にはちょっと特殊な術もあって……その中の一つに自白を促したり罪を認めさせたり出来る術があるの」

「何それ怖い」

「別に脳をいじったり、記憶を改竄《かいざん》したりするわけじゃないんだよ？　ちょっと【魅了《みりょう》】にも似てるんだけど、術をかけられた人の目の前に天使様が降臨する、という幻を見せる事が出来て、天使様を目の当たりにした罪人は、導かれるように全てを話してくるの。でも……」

「でも？」

「この術をかけると、罪の意識に苛《さいな》まれて……一週間くらい廃人みたいになっちゃうの」

「何それ怖い」

モニカに隠し事でもしたら。大変な事になりそうだ。

「うん、だから滅多な事では使わないんだ。神を冒涜《ぼうとく》する行為だーって一時は禁術になりそうになった事もあるの」

「まぁ、神というか、幻とはいえ人間の都合で天使を利用するわけだからなぁ」

「そうなの……」

「よし、やってくれ」

「人の話聞いてた⁉」

俯いてたモニカががばりと顔を上げ、詰め寄ってくる。

「こいつらは散々世界を荒らしてる奴らだ。そんな奴らに慈悲なんてかける必要ないだろ」

「う……」

教徒は目の前で繰り広げられる会話の内容にひどく怯えているようだが……仕方ない事だ。

因果応報《いんがおうほう》。報いは受けるべきだ。それに廃人になるったって一週間くらいだろ。その間、オリヴィエの牢屋で反省してればいいんだ。

「や、やめろ……！」

「ダメだね」

「そ、そんな……！　薄汚い天使などごめんだ！　やめてくれえ！」

教徒は死刑台に連れていかれる直前のような悲愴な表情を浮かべていた。

復活したヤシャをミミルが食べて処理出来たからいいものの、そうでなかった場合、どんな被害が出たかは容易に想像出来る。

「ま、諦めるんじゃな。なぁに、お前さんらが崇めるヤシャは妾が全部綺麗に食ろうてやるから安心しておれよ」

怯える男に、ミミルは温度なく告げる。

「あ、あんたら……一体何者なんだ」

「俺ら？　ただの冒険者だよ」

「最強の、という肩書きがそのうち付く予定ですわ！　さぁ！　潔く全てを語るのですわ！　モニカさん、やっておしまい！」

「う、うん……」

ミミルとリリスに挟まれた教徒は、青い顔をさらに青く染め、絶望の最中《さなか》にいるようだった。

モニカは錫杖をシャンと鳴らして地面に突き立てると、胸の前で印を切り厳《おごそ》かに詠唱を始めた。

「一と十二、三と六、聖なる白と赤が交わりし天界の道標《みちしるべ》は我が言霊に染まりて仮初の道を地上に与えん。導くは懺悔、施すは後悔、罪人に罪を罪と認めさせるべく助力を乞わん。【ヘブンリージャッジメント】」

ゆっくりと歌い上げるように紡《つむ》がれたその詠唱が終わると、洞窟内にもかかわらず、数本の光が天井から差し込んで教徒の体を照らし出した。

教徒はビクン、と大きくのけぞった後、ゆっくりと体を前に戻した。

「これで、何もかもが天使の言葉に聞こえるようになった。何を聞いても全部喋るはずだよ」

「お、そうか。それじゃ――」

虚《うつ》ろな瞳は焦点が合っておらず、ぽろぽろと涙を流し口の端からはつう、とよだれを垂らす教徒と向かい合い、俺は聞きたい事を聞いていった。

第三章　鬼獣教

一通り情報を引き出した後、意識を失っていた他の教徒達を全員叩き起こしてオリヴィエまで連行し、衛兵に突き出す。俺達もあれやこれや聞かれたが必要な事だけを伝えた。

「さて、と。どうするかな」

その後一度宿屋に戻った俺達は、食事を済ませ、俺の部屋に集まった。

「もうすぐ夜になるけど……あの人から聞き出した鬼獣教のアジトっていうのは遠い？」

「まぁ遠いっちゃ遠いが、俺達ならすぐだ」

部屋にいるのは俺とリリスとモニカだけ。ミミルは眠くなったとか言って厩舎に帰ってしまった。

リリスはリリスで何か考えているのか、俺とモニカだけが話している。

「鬼獣教の拠点の一つがネリアン山にあり、そこには別大陸で封印を解かれた尻尾が安置されているそうだ」

「ネリアン山、渓谷《けいこく》が綺麗で有名な所だね」

「ああ。川下りなんかも人気で、今は観光客が多いはずだ」

という事で早速行動開始、山に潜む獲物を追い立てよう。

「行くぞ」


深い闇に染まる街道を走り抜ける二つの影。目を爛々《らんらん》と輝かせているのはリリスとメルトだ。

そして俺はメルトの背中に乗って風を切っている。モニカは厩舎の中に入ってもらっている。

メルトは全力で走るのが楽しいのか、時折鳴き声を上げている。

「ワォーーーン！」

それに対抗するように、リリスが走りながら遠吠えを放っていた。

「お前は遠吠えるな！　ドラゴンプリンセスだろ！」

「あら！　私、体はドラゴンでも、心はアダム様の忠犬ですわ！」

「分かった分かった……」

「アォーーン……」

「……ォオーーーン」

メルトの鳴き声に呼応してか、どこからかモンスターの遠吠えが聞こえて来る。

空はたくさんの星で埋め尽くされ、まん丸な月が怪しい輝きを放っていた。

現在俺達は鬼獣教のアジトの一つがあるネリアン山に向かっている。

四季折々の美しい風景を見せてくれるネリアン山は、非常に人気のある行楽スポットだ。

渓谷には、落差が百メートル近くあるドラゴンバイトと呼ばれる観光名所の滝がある。聞き出した情報によると、鬼獣教のアジトはドラゴンバイトの近くにある、大きな木が目印となっているらしい。

山道には観光地らしく、渓谷の地図とドラゴンバイトへの道筋が看板で示されているので、探す手間も少ない。

名所とはいえ、深夜に訪れる人もいないため、人目を気にする事なく活動出来る。

むしろ、こんな夜中に彷徨っている奴がいるとするなら、それは鬼獣教徒に他ならないだろう。

ひたすら走っていくと、やがて目印の大樹が目に入った。

木の幹に大きな傷がつけられており、これが目印の証だ。

そして、大樹から西に向けて歩くと、十分もしないうちに小さな洞窟が現れた。

「つくづく縁がありますわね。洞窟はじめじめしてるから嫌いなんですのに」

ぶつぶつ言うリリスをよそに、俺は洞窟内に入っていく。洞窟に入る時に、メルトは厩舎に入ってもらい、代わりにモニカとミミルが出ている。

「仕方ないよリリスさん」

「ま、こんなじめってる場所にしか引きこもれない卑屈な宗教なんて、とっとと潰してしまうに限りますわ」

「そうじゃのぉ。妾が全部食ろうてやれば鬼獣教とやらも消滅するじゃろうて」

ミミルは疲れているようだ。

「そうですわね。ってあんたいつの間に!?」

はぁ、とため息を吐いたリリスのそばにちょこんと立つミミル。

やたら驚くリリスに、ミミルはため息を返して言った。

「入口からおるわい」

「あっれー……」

「洞窟に入る前に俺が出したんだよ」

「くっ……気付きませんでしたわ。影も胸も薄いですから仕方ありませんわねぇ」

「なんじゃと、おどれシバくぞ」

「やれるものならやってみなさいですわ！」

二人は額をぶつけ合わせて唸り合った。

「はいはいストップストップ。仲良くしなさい！」

ミミルとリリスのいがみ合いを脳天チョップで黙らせると、静かにするようサインを送って奥へと進んで行った。

洞窟内は狭く、蛇のようにぐねぐねとした道が続く。

「行き止まりですわ」

「いや、違う」

リリスは目の前の壁を見つめて口を尖らせているが、これは壁じゃない。上手く壁のように偽装されてはいるが。

パーティの先行役として色々なダンジョンを踏破してきた俺の目は誤魔化せない。

目の前の壁ではなく、横の壁をぺたぺたと触っていくと地面との境に怪しい突起物を見つけた。

そしてそれを押し込むと――

壁は静かに横にスライドしていき、新たな道が現れた。

「まぁ！　さすがアダム様ですわね！」

結構簡単に作れる隠し扉だし、初級ダンジョンにも、この壁と似たような仕掛けがよく施されている。

「行くぞ」

目を輝かせているリリスを横目に、モニカとミミルは静かに頷いた。

そこから先は自然の洞窟に手を入れたような作りになっていて、何本かの分かれ道があった。

「なんとなく右ですわ」

「妾は左じゃ」

「私は真ん中かなぁ」

「お前らもう少し協調性持てよ……」

少しの逡巡《しゅんじゅん》の後、結局右の道に進む事にした。

その時リリスがミミルに向けて、ドヤ顔を決めていたのは言うまでもない。

結論から言えば右の道が大正解であり、大惨事でもあったのだが。

「う……これは……」

「ひ、ひどい……」

道中にあった小部屋から嫌な感じがする、と言うモニカの意見を聞き、その小部屋に入ってみたのだ。

すると、そこには五人、十人ではきかないほどの人骨が乱雑に集められていた。

中には子供と思《おぼ》しきものもちらほらと見受けられた。

復活したヤシャの一部の力を取り戻すために供物となった者達なのだろう。

「許せない……」

その惨状を見てぽつりと呟いたモニカの髪がざわつき始めたのを見て、俺はその肩を押さえる。

「落ち着けモニカ。言い方は悪いかもしれないけど、こんな事でいちいち取り乱すな」

「う……ごめん……」

「きっとこの先何度もこういった場面に出くわす。でも、心を冷静に保ってくれ。俺もモニカと同じ気持ちなんだ」

「うん……分かった」

俺達は亡骸に黙祷《もくとう》を捧げ、モニカは簡易的な祈りの言葉を唱えた。

黙祷を終え、小部屋を出て、しばらく進んで行った先にそれはあった。

だだっ広い空間に折り畳まれるようにして祀られていたそれは、三体の白い極太の大蛇が絡み合い、とぐろを巻いているようにも見える。

そして大蛇の頭部は鬼の頭だった。

「アレですわね」

「うまそうじゃの」

「でも、やっぱり警備は厳重みたい」

岩陰に身を潜めたガールズは、白いとぐろを見ながらヒソヒソトーキング。

「私達に人の警備など意味を成しませんわ」

「お前らちょっと静かにしろって」

あれが封印を解かれたヤシャの尻尾なのは確実なのだが、その広い空間には何人もの鬼獣教徒が集まって何かを行っていた。

教徒達は五箇所に分かれており、そこにある何かに集中しているようで、岩陰に隠れた俺達に気付く様子はない。

俺の前には女子達が押し合いへし合いして隠れているので、どうしても彼女らの後ろから覗き込むような形になってしまう。

何をしているのかが気になるが、とりあえず全員倒してミミルに食事をあげないとな。

そう思って動き出そうとした瞬間。

「また会ったな強きテイマーよ」

「な！」

背後から唐突に声がして、後頭部にごりっと何か硬いものが押し当てられた。

嘘だろ、気配を全く感じなかった。

本当にいきなり後ろに現れたような、そんな感覚だ。

「お前……バーニア卿を襲った奴か」

男の顔は見えないが、この声はあの時逃げられた男に間違いない。

「覚えていてくれて光栄だ、強きテイマーよ。女子供を連れて、随分と危険なハイキングだな。いつぞやは世話になった。女共、動くなよ？　動けばこの男の命はない」

後頭部に当てられているのは恐らく杖の先端。

俺かリリス達が下手に動けば魔法をズドン、って事だろうな。

「……離れなさい。貴方どうなっても知りませんですわよ？」

「なんじゃ此奴、食ろうてええんか」

「アダムさん大丈夫？」

リリス達は全員俺の方を向き、それぞれに余裕そうな表情をしていた。

少しは俺の心配をして欲しいもんだよ。

「何奴！」

「なんだ貴様ら！」

俺達に気付いた他の教徒達が続々と集まって来る。

「司教様！　ご無事ですか！」

リリス達は俺を盾にされているために抵抗せずに様子を窺っているようだ。

「ミミル」

「なんじゃ？」

「行け」

俺の一言の意味を理解したミミルは地面を蹴り飛ばし、集まってきた教徒達の上を放物線を描いて飛び越えた。

「待て！」

「どこへ行く！」

何人かの教徒がミミルを追って行くのを見つつ、俺は胸の中で手を合わせた。敬虔《けいけん》な信徒よ、安らかに眠れ。

「幼女一人逃した所で、何も状況は変わらないぞ？　むしろ逃げた幼女が心配だな」

「司教様。あんた大層な身分なんだな」

「ふん。俺こそ鬼獣教八司教が一人、バアルよ」

「バアルっていうのか。俺はアダムだ」

「そうかアダム。どうやってこの場を嗅ぎつけたかは知らないが……お前はもう終わりだ」

「そうかな？」

「今日はあのスライムもいないようだしな。最高戦力を連れて来なかったお前のミスさ」

　どうやらバアルはロクスに相当の脅威を感じているらしい。

「最高戦力か」

「さぁ命乞いでもしてみるか？　お前を殺し、供物として捧げた後には、そこの女共も大事に使ってやるから安心しろ」

「お前、盛大な勘違いをしているな。ロクスは確かに強いが、俺の最高戦力はロクスじゃない。俺の最高戦力は、今にも飛びかかりそうな恐ろしい形相でガルガル言ってるあいつだよ」

「わんわん！　アダム様！　そいつ殺っちゃっていいですわよね！」

　俺を人質に取られ、大人しく教徒達に拘束されていたリリスが、しびれを切らして許可を求めてくる。

「なんだと……？　どうにもそうは見えないな、頭の中が空っぽのようにしか見えん」

「頭空っぽなのは認める……」

「ちょっとアダム様!?　私の頭はアダム様への愛でいっぱいですわ！」

「おちょくっているのか貴様らは！　だが、その女、容姿だけは確かに最高戦力だな。あれは高く売れそうだ」

　おちょくっているわけじゃないけど、気を抜いているのは間違いない。

仮に頭に魔法が撃ち込まれたとしても、既に皮膚を覆うように【聖壁】を発動させたので、なんの問題もない。

「さぁ死ね！　強きテイマー、アダムよ！」

司教バアルが大声を上げると同時に、後頭部に軽い振動を感じた。

なんらかの魔法をゼロ距離で撃ち込んだんだろう。振動を感じるままに俺は地面に倒れ、リリスに視線を送った。

「アダム様！」

リリスは悲愴な声を上げるが、俺が無事なのは分かっているので緩く口角を上げていた。

多分あいつ、このシチュエーションを楽しんでるな。

「ところがどっこい！」

「なっ!?」

俺の死を確信し、バアルが気を抜いたタイミングを見計らって、俺はぐるりと仰向けになりバアルの胴体に蹴りを叩き込んだ。

姿勢的にあまり力は込められなかったが、バアルは吹っ飛んで壁に叩きつけられた。

「司教様！」

「私もお忘れなくですわ！」

「えい！」

俺の反撃を見たリリスとモニカも、自らを拘束している教徒達に反撃を開始した。

反撃と言っても、一発ずつ当て身を入れるだけの優しい反撃ではあったのだが。

「ぐ……くくく……やはりやるなアダム、聖女に咄嗟《とっさ》に障壁を張らせたか」

むくりと起き上がったバアルが、ニタリと悪意のこもった笑みを浮かべた。

「まぁ、そんな所だ。どうする？　形勢逆転だぞ？」

「はっはっは！　何を言っている。俺が誰だか忘れたか？　俺は八司教が一人バアル！　そんじょそこらの冒険者如きと同列に扱わないでもらおうか！」

くわっ！　っと大きく開かれた目は血走り、顔や首、手の甲の表面に、膨れ上がった血管が何本も走り始めた。

バアルの纏う空気が変わる。

「アダム様！　お下がりください！」

俺とバアルの間に割り込んだリリスが、俺を庇うように手を広げた。

「くくく、ここでも女に守られるか、情けないな、アダム」

「うるせぇ！」

「好いた男を守ろうとは立派な心がけだ、女。だが、守る手が二本で足りるかな!?　出ろ！　ゴーレム！」

バアルが地面に手をつくと地面と壁が揺れ、姿を変え、みるみるうちに七体の単眼のゴーレムが出現した。

それぞれ大きさは二メートルほど、特に変わった武装があるわけでもない、普通のゴーレムだ。

しかし、魔法生成されるゴーレムの力は、術者の実力に大きく左右される。

相対して感じるバアルの力は、並の冒険者の魔力を遥かに凌駕《りょうが》している。

となればゴーレムも、それ相応の実力を持っているに違いなかった。

「ゴオオオォ！」

七体のゴーレムは、単眼をギョロギョロと動かして雄叫びを上げた。

その巨大な質量を表すような重い足音と共に、リリスへと向かっていく。

「こんな木偶人形《でくにんぎょう》で私が膝をつくとお思いですの？　ちゃんちゃらおかしいですわね！　それにゴーレムを使役している貴方を倒してしまえば済む話ですわ！」

ゴーレムを見上げ、愉快そうに笑ったリリスは、地面を蹴りバアルへと突進した。

「くくく」

しかし、バアルが浮かべたのは焦りではなく静かな笑い。

リリスの拳がバアルの腹部にめり込み、そしてバアルは崩れ落ちた。

膝からがくり、というわけじゃない。

文字通り、体がボロボロと崩壊したのだ。

「はぁ!?　なんですの!?」

「くくく……俺は死なんよ」

驚くリリスの背後に、突如無傷のバアルが現れ、蹴りでリリスの体を吹き飛ばした。

「リリス！」

助けに行きたい所だが、七体のゴーレムが目標をリリスから俺とモニカに変えて近づいて来ているため、下手に動けない。

「くっ！」

体勢を立て直したリリスがバアルを殴りつけるも、バアルはまたしても崩れ落ち、リリスの背後に再度無傷のバアルが現れ、力任せにリリスを吹き飛ばした。

「頑丈だな女」

「当たり前ですわ！　貴方と違ってね！」

「では、これならどうだ？」

「がっ！」

バアルと向き合っていたリリスが、なんの前触れもなく突然横に吹き飛ばされた。

リリスがいた場所には、ニタリと笑う、もう一人のバアルの姿があった。

「「さぁどうする？」」

「二人に増えましたの？　ですが、数が増えた所で私に致命傷を与えるには程遠いですわよ？」

「「ではこれならどうかな」」

「三人……どうなってますの……」

狼狽えるリリスの前と左右にそれぞれ立つバアルが、悪どい笑みを浮かべて杖を突き付けた。

「リリス！　そいつら多分ゴーレムだ！」

複数のゴーレムを操っているので、得意なスキルはゴーレムに関するものだろう。となると、分身もきっとゴーレムだろうと推測出来る。

「くく、分かった所で何が出来る？」

「本体はどこですの⁉」

三人目が出現した際、俺ははっきりと見た。

地面が隆起し、その地面が一瞬でバアルに変化する様をこの目で見た。

崩れたバアルが瞬時に無傷で現れたカラクリも、ゴーレムだから、なのだろう。

ゴーレムは遠隔操作が不可能な魔法人形だ、必ず近くにバアルの本体がいるはず。

「「「「そらそらそらそら！」」」」

四人に増えたバアルが砕かれては新たに現れ、リリスに猛攻を加えている。

岩が飛び、無数の礫《つぶて》がリリスを襲う。

そして、七体のゴーレムも、俺とモニカに何度も太い腕を振り下ろしている。

避けられる攻撃は避けているが、何度かは食らってしまう。

【聖壁】のおかげでダメージはないけど、鬱陶《うっとう》しい事この上ない。

さて、どうしたもんか……

◇　◇　◇

広い空間にカカカカ！　と軽やかな下駄の音を響かせ走る。

主様達を背後に、妾はヤシャの尻尾へ真っすぐ駆ける。

「逃がすな！」

「ふん、凡愚共《ぼんぐども》め」

背後から妾を追う教徒達の声が聞こえてくるが、それを全て無視して目の前の獲物に視線を注ぐ。

「のう、ヤシャの尻尾よ。お主は喋れるのか？」

「……ナニ奴」

「ほ、喋れるようじゃの。妾はミミル。鬼王の娘じゃ。まぁ用件は一つ、簡単な事じゃ。お主、妾に食われよ」

「知ラヌナ。ダガ、我トテ黙ッテ食ワレルワケニハイカン。抵抗サセテモラウゾ」

「あっさり諦めた頭とは大違いじゃな。よかろ、揉んでやるわい」

とぐろを巻いていた三本の尻尾が、ゆらりとかま首をもたげた。

「我ラハ、封ジラレシ時、魂ヲ各部位ニ分割シ、完全復活ノ時ヲ待ッタ」

ふむ。魂が分割された事で部位ごとに自我を持っておるのか。

「ヤシャ様が……」

「おお、なんと神々しいお姿！」

たかが獣の尻尾如き、何を崇拝しているのやら……

「なんじゃ貴様ら。こんな蛇尻尾が神々しいと、そう言うのか？」

妾に追いついた教徒らが地面に跪いて祈りのポーズを取っておるが、妾の胸中は気持ち悪いその行動にドン引きじゃった。

ヤシャの尻尾は、見ようによっては上半身が人、下半身が蛇のモンスターであるナーガに似ておる。

ナーガと違うのは、白い大蛇のような尻尾に人の体ではなく、鬼の頭部だけがくっついている事じゃろう。

こんな気持ち悪い生物が、彼奴《あやつ》らの目にはどうやらとても神々しいお姿として映っているようじゃ。

しかし、ヤシャはそんな教徒達を一瞥《いちべつ》すると、一口で丸呑みしおった。

「……ふん」

「タリヌ、供物ヲ、命ヲ」

まぁ、自らが崇める神に食われたのじゃ、彼奴らも本望じゃろうて。

「そりゃ足りんじゃろうよ。じゃが、それは妾も同じ事、お主のようなスカスカなカスを食ろうても大した力にはならなそうじゃ」

「頭部ガ食ワレタノハ、貴様ヲ魂ゴト取リ込ムタメヨ！　強キソノ力、我ノモノ也！」

三体の尻尾はその身をくねらせながら妾に突進し、その大きな顎を開きよる。

先ほどの教徒達のように、一息に丸呑みするつもりじゃな。

「はっ！　あいにくと妾の方が遥かに強いようでのお。お前さんの言う頭部の意思など塵芥《ちりあくた》じゃ。神妙に食われい！」

ズン！　という大きな衝突音が鳴り、地面からは大量の土煙が舞う。

「ヤハリ、簡単ニハイカヌカ」

土煙の中、妾の両手と足はしっかりと三体の顎を受け止めた。

「わざわざ来てくれるとは手間が省けたわい。ぬん！」

妾は鬼の頭部に触れていた手をぐいと握りしめ、足で踏みつける。ただそれだけで頭部の半分が弾け飛び、周囲に細かな肉片が飛び散ってゆく。

「ミゴトダ……ダガ第二、第三の……」

「うっさいわい。黙って食われぃ」

妾はそう言ってもう一度拳を握りしめ、尻尾を食ろうた。

◇　◇　◇

「「「そらそらそら！」」」

「本当に鬱陶しいですわねぇ！」

リリスと相対しているバアルは既に八体まで増殖している。

粉砕しては再生して纏わりついてくるバアルに、リリスも苛立ちを感じ始めているようだった。

ミミルは無事尻尾を吸収したようで、大きなあくびをかましながらゆっくりとこちらに歩いてきている。

ミミルからもこちらの戦闘は見えているはずなのだが、あいつ、全く焦った顔をしていない。興味がないか、全く心配していないかのどちらかだな。

「リリス、外へ出るぞ」

「んふぇっ!?　アダム様、いいんですの？」

「ここじゃキリがない。洞窟と岩を使って作るゴーレムの相性は完璧だ。一度洞窟から出てそこでバアルを仕留めよう」

ここまで無限に再生するのは、地の利もあるはずだ。それなら、ここを出るのが最善だろう。

「敵の前で作戦会議とは随分と余裕だな！」

「さぁな」

余裕そうに言うバアルを尻目に、ゴーレムの猛撃を受け止める。

ゴーレムもバアルと同じように、打撃を加えて破壊してもすぐに再生してしまうのでこちらもキリがない状態だ。

上も下も左も右もゴーレムの材料で満ち満ちているこの洞窟で、このまま戦い続けても終わりはない。

バアルと相対したのが俺達ではなく、低級冒険者だったとしたら、痛みも恐れも感じないこの戦闘人形の果てしない物量で鏖殺《おうさつ》されているだろう。

鬼獣教八司教の一人、確かに恐ろしい相手だ。

しかし、それは一般常識に当てはめた場合の話。

こちらにも一般常識を超えた存在がいるのだ。負ける要素などどこにもない。

「くくく、アダムよ。この俺の【無限傀儡《むげんくぐつ》】から逃げられると思うのか？」

「逃げる？　それは違うな。そのお高く止まった長い鼻をへし折ってやるよ」

ここを出て、からだけどな。

「戦略的撤退っ！　ダッシュ！」

「はいですわ！」

「分かった！」

「あい分かった！」

ゴーレムの一撃を躱し、俺達は洞窟の出口目指して一目散に駆け出した。

立ち塞がるゴーレム達を粉砕しつつ、数度の交戦を経て俺達は洞窟から飛び出した。ある程度の距離を取って洞窟の入口を注視しながら、俺は隣にいたモニカに耳打ちをする。

モニカはコクリと頷いて後ろに下がっていった。

「ふん……！　図に乗るなよ」

そう言いながら洞窟からゆっくりと姿を現したバアルは、忌々しげに俺達を睨みつけた。

「洞窟から出た所で、貴様らの敗北は変わらぬ」

バアルはその表情を変えないままに腕を薙いだ。

その腕の動きに合わせ、地面が一斉に隆起を始めた。

「何度も何度も芸のない」

「ふん。数と質量こそ最強の矛、この【無限傀儡】から逃げられた者はいない！　やれい！」

隆起した地面から生成されたゴーレムはおよそ百体。

ゴーレム達が、一斉にズシンズシンと大地を揺らして向かってくる。

バアルもそれに合わせてゆっくりと歩を進める。

当たり前の話だが、洞窟の外は、洞窟内より広い。

「出ろ、テロメア」

『御意』

何もない空間に出現した厩舎の中から、テロメアがゆっくりと姿を現して地面を踏みしめた。

「な……ば、そんな……なんだそいつは……！」

テロメアの出現に、バアルが引き攣《つ》った声を上げた。

ゴーレムの大きさは二メートルほどなのに対し、テロメアの大きさは約四メートル。

バアルはテロメアのその巨体を見上げながら一歩、二歩、三歩と後ろに下がっていった。

「コイツはテロメアってんだ。よろしくな」

「く……だが！　この百体のゴーレムであれば！」

テロメアを見ても戦意を喪失しないその精神力は見事だが、現実は非常に非情である。

『この人形共を処理すればよいのですな？』

彼我《ひが》の実力の差など一目で分かるのだろう。

テロメアはその数に驚く事もなく、さらりと聞いてきた。

「そうだ」

『御意』

身長約四メートル、大樹のような太さの腕を構え、目を大きく見開くと同時に、口元から生えた巨大な牙がガチリと音を立てた。

『木偶よ、散るがいい』

テロメアが小さく呟いて拳を振るった瞬間、暴風が吹き荒れ、大量の土煙が舞う。

強烈な剛拳の一撃は、百体のゴーレムを粉砕した。

もうもうと舞う土煙が収まったそこには、一体のゴーレムも立ってはおらず、ただの土塊があるだけだった。

「そんな……一撃で……！　くそ！　だが俺の【無限傀儡】はいくらでも――」

テロメアが放った剛拳の余波で転んだのか、地面に座り込んでいたバアルが、再び腕を横薙ぎにする。が。

「な、なぜ再生しない……！　そんな馬鹿な！　ゴーレム！」

バアルは何度も腕を薙ぐが、ゴーレムはもう生成されない。

「ゴーレム！　なぜだ！」

「無駄だよ。お前の自慢のお人形さんはもう作れない」

「貴様何をした！」

得意のスキルが発動しない事で、バアルに先ほどまでの余裕は全く見られない。

「俺はテイマーだ。戦況を見て、判断して、サーヴァントに指示を飛ばす。それ以上でもそれ以下でもない」

「だから、何をしたのかと聞いている！」

「俺は指示を出しただけだ。うちの聖女様にお前を隔離しろ、ってな」

「……隔離、だと……？」

訝《いぶか》しげな顔をしているバアルにタネを明かすべく、モニカが一歩踏み出し、口を開く。

「【懺悔《ざんげ》の祈《いの》り】……対象のいる空間二メートル四方を隔離する法術です。この空間に閉じ込められた者のスキルも魔法も封じます」

「な……いつの間に……！」

バアルが手を伸ばすと、手は見えない壁に当たり、モニカの言っている事が事実である事を証明する。

「お前、今はゴーレムじゃなくて本体なんだろ？」

「な、何を根拠に！」

「お前がゴーレムを生み出して使役出来る最長距離は約十メートル。本体がその範囲にいなければ分身のゴーレムも生み出せない」

「……く……！」

「さらに言えばお前はターゲットを目視していなければゴーレムを操る事が出来ない。だろ？」

「……！」

バアルは図星といった表情をしているので、俺の推測は当たっているようだ。

「だからお前は逃げる俺達を追い、ここまで出てきた。おおかた洞窟内では制限距離ギリギリの所に隠れてニヤニヤしてたんだろ？　だから俺達の退路を塞ぐようにゴーレムを生成する事が出来た。そして洞窟から出た今、細い木しかないここでは姿を隠す事が出来ない。違うか？」

「ば、馬鹿な……たったあれだけの時間で全てを見抜くとは……！」

「観察力と分析力、テイマーに必要なスキルだよ。もっとも……それ以外に何か奥の手を隠し持っていたなら、またやり直しだったがな」

「この俺が……負ける、とは……見事だ強きテイマーアダム」

打つ手なし。降参してくれるようだ。

「さぁ牢屋で反省してもらおうか。っても反省なんかしないと思うけどな」

「それは出来ない相談だな！　さらばだ！」

「何を……？」

潔く負けを認めたかと思えば、バアルは両手を広げ天を仰ぐように身を逸らし、勢いよく口を開いた。

そして――

ドパアァァン！　という大きな爆発音が辺りに響いた。

バアルは体内に爆発系の魔晶石でも仕込んでいたのか、その肉体を木っ端微塵に吹き飛ばしてこの世から逃げ去ったのだった。

「……クソが……」

「……どう、いたしましょうか？」

「潔く自決したか、敵ながら天晴《あっぱ》れじゃの！」

「うっ……」

リリスは困惑した表情を浮かべ、ミミルはからからと豪快に笑い、モニカは静かに目を伏せた。

司教という高位の信徒。捕らえて色々と情報を引き出そうと思っていたのに……それは叶わない。

こんなにあっさり自爆するなんて誰が考えただろうか。

こうなったら洞窟内に残っている教徒達から、徹底的に絞り出すしかないだろう――

第四章　憤怒

残る教徒の尋問を終え、リリスに頼んで近くの町の衛兵達を呼んで来てもらった。

そして全員の身柄を引き渡し終えた頃には、空が僅かに白みがかっていた。

その後俺達はバーニア卿に報告するべく、オリヴィエへと戻ったのだった。

「そうですか……しかし、鬼獣教司教の一人を倒せたと言うのは僥倖《ぎょうこう》です。本当にありがとうございました。さすがはS級冒険者ですね」

そう言って牢の中のバーニア卿は俺達に深く礼をしてくれた。

「いえ、本当は捕縛してもっと色々情報を引き出したかったのですが……まさか自爆するとは」

「いいのです。八司教はもはや、人類の敵の首魁《しゅかい》と言っても過言ではありませんから」

「首魁？　司教の上はいないのですか？」

椅子に座るバーニア卿へ、モニカが問いかける。

「はい。司教達の上は封印されし神たるヤシャです。彼らは協力し合う事もありますが、基本的には自分の考えで動きます。ヤシャを復活させるという目的は同じですがね」

「失礼ですがその情報はどこで？」

「長年の調査の結果ですよ」

「では、なぜ司教の事を最初に教えてくれなかったのですか？」

モニカの問いにバーニア卿は申し訳なさそうな表情を浮かべた。

「まさかこんなにも早く司教の一人が出張ってくるとは思ってもいなかったもので……後手になり本当に申し訳ない」

「そうですか……」

「司教は一人一人が強力なスキルや魔法を身につけています。現在分かっているのはそれだけ、どんなものなのかは分かっておりません」

バーニア卿は己の力不足を悔いるようにそう続けた。

「人のためになるようなものではないのだけは確実ですね」

「はい、それと……昨日の夜、ギルドから書状が届きまして……」

「ギルドから？」

差し出された書状は確かにギルドからのもの、中を確認するとそこには――

「これはまさか……」

「はい、全てが後手に回っております」

深いため息を吐くバーニア卿だが、ため息の一つや二つ吐きたくもなる。

書状には鬼獣教徒の目撃情報と、とある貴族が襲撃を受けて壊滅したと、記してあった。

「記載されている貴族というのは、もう一人の管理者です。これでこの大陸の封印はもう」

「大丈夫ですよ。俺達に任せてください。まるっと全部解決してみせます」

「そう、願います」

この大陸にはまだ司教が残っていて、きっとそいつも自分の思うままに死を撒き散らしているのだろう。

人はいつか死ぬのが定め、事故に巻き込まれたり病気になったりしてあっさり死ぬ。

でもだからと言って鬼獣教徒が悪戯に他人の命を奪ったり弄んだりしていい道理はない。

鬼獣教徒達の悲願であるヤシャ復活。

いくつかの封印が解かれ、それが間近に迫っている今、どんな手も使ってくるだろうし、教徒達の動きもきっと世界中で活発化しているはずだ。

もしかしたら俺達――と言うよりはリリスやミミルのような強者が止めてくれているかもしれないけれど……楽観視は良くない。

常に最悪の展開を考えていた方が、色々と策を考えられるというものだ。

「……酷い有様だな」

バーニア卿から話を聞いたその日にオリヴィエを出た俺達は、襲撃を受けた管理者の屋敷へ急いだ。

屋敷の住人は頭部だけが皆綺麗に切り取られていて、その頭部はどこにも見当たらないという猟奇的な方法によって、殺されていた。

茜色に染まりつつある空を見上げ、俺はため息を吐いた。

そして、それと同時に遠くから爆発音のような音が風に乗って聞こえてきた。

「なんだ!? あれ」

近くにいた町の住人達が声を上げ、町から見える山を指す。

そちらを見ると山の中腹辺りで大きな爆発が起きたようで、もくもくと煙が上がっていた。

「……あそこか」

「……ですわね」

「行こう!」

このタイミングで起きる爆発といったら、ヤシャの一部が復活した事によるものだろう。

慌てる住民達を尻目に、俺達は急いで爆心地へと駆ける。

現場に着いた俺は、メルトとロクスを呼び出し、周辺の探索を始めた。

鬼獣教徒らしき姿は見当たらない。メルトとリリスが臭いを探してはいるのだが、辺り一帯に濃い死の臭いが充満していて特定するのは難しいようだ。

既に撤退したのかと思いかけたその時。

「おやおやおやおや。こんな所で何をいたしておりますのですかな？」

どこからともなく聞こえてきたのは、おかしな口調の老人のしゃがれ声。

周囲をざっと見渡すと、十数人の鬼獣教徒が俺達を取り囲んでいた。

その中に一人だけ異質な存在が立っていた。

全員が黒いローブを頭からすっぽりと被っているのに対し、そいつは真っ赤なローブを着用している。

見た目はかなり高齢の老人男性。落ちくぼんだ目には、黒目が存在していない。

真っ赤なローブの老人は、無数の皺《しわ》が刻まれたその口角を吊り上げて言った。

「下手な物見遊山《ものみゆさん》は……命を頂戴《ちょうだい》いたしますですよ？」

「……鬼獣教徒か」

老躯に似合わない生気のこもった声が辺りに響き、周囲の死の臭いが濃厚になるのを肌で感じた。

「いかにも。して、貴方がたは？」

「俺はアダム。あんた達を止めに来た」

「そうですかそうですか」

「アンタは？」

「ワシは鬼獣教八司教が一人、ベルン。とは言え、ただの老いぼれでございますですよ」

普通に会話をしているだけなのに、なぜか心の底がざわついてくる。

ベルンは何もしていない。ただそこに立って、ただ言葉を発しているだけ。

なのにこのざわつきはなんだ？

心臓の鼓動が少しずつ速くなって、呼吸も荒くなってきている。

「おや、どうしましたですかな？　顔色が優れないようだ。そうだ、良い事を思い付きましたよ」

「なんだよ」

「ここで死んで供物となる事でございますですよ」

ベルンの口が歪み、にちゃり、と気持ちの悪い笑みが浮かぶ。

それと同時に周囲の教徒達が一斉に襲いかかって来た。

「それは出来ない相談だな！　メルト！　メルト！」

『『いっくぞー！！』』

俺の前にメルトを呼び、リリスに俺の後ろを任せる。モニカを俺とリリスの間に挟み込んで、さらに。

「ミミル！　やれ！」

「あい分かった！」

鬼獣教徒達の背後に開いた厩舎から飛び出したミミルが、ベルンへ突進していった。

「ほっほっほう、伏兵、奇襲、非常に素晴らしい、とても良い選択でありますね」

ベルンは背後から襲い来るミミルを振り向きもせず、ただ笑っていた。

ミミルは、その小さな手を開きベルンの頭部に手を伸ばしている。

「なんじゃ⁉」

しかし、その手は見えない何かに阻《はば》まれているように、空中でピタリと止められた。

「しかししかし、ワシの命はそんな細腕にはくれてやれんのですからして」

「あきゃん！」

バチィン！　という大きな音がしてミミルが逆再生のように吹っ飛ばされた。

「偉そうに言うけどな、お前の手下はもう残ってないぞ」

襲いかかって来た教徒達は、リリスとメルトに一蹴されており、地面に転がっている。もちろん命は奪っていない。

「ほっほ、分かっておりますですよ。教徒達を歯牙《しが》にもかけないその強さ。欲しい、その魂、実に欲しいですからして」

手下の安否など気にした様子もなく、ベルンは上機嫌に喋り続ける。

『ねぇマスター』

『あいつキモーい』

『なんか生きてるのか死んでるのか分かんないよー』

メルトが唸り声を上げながらそう言った。

太い尻尾は地面と平行に保たれており、耳はピンと天を向いている。

メルトもベルンの発する不気味な雰囲気を非常に警戒しているようだ。

「なんじゃお主、気持ち悪いもん侍らせおって」

「ほっほっ！　娘っ子には分かるのですかな」

「分からん方がおかしいわい。のう、主様よ」

何やらミミルとベルンで話が進んでいるようだけど、俺には何がなんだか分からない。

分かってるよね、みたいに言われても困るぞ。

「お、おう。もちろん分かってるぞ」

でも主としての立場から、分かりませんとは言いにくい。

「……あれはまさか」

その時俺の後ろにいたモニカが呻《うめ》くように呟いた。

「分かるのか？　モニカ」

「……うん。まさかこの目で見る事になるとは思わなかったけど……」

「なんですの？　皆してなんですの？　私にも分かるように教えてくださいませんこと？」

『『なーになーにー？』』

リリスがねぇねぇとモニカの服の袖を引っ張り、メルトもモニカの言葉を待っていた。

「あれは邪法。死者や命、魂を利用する邪悪な法術の一つ……【死贄墳陣《ししふんじん》】」

「シシフンジン？」

「うん、自分が殺した者の生命を取り込み、さらにはその頭部を取り込む事でより強力な力を得る死霊術師《しりょうじゅつし》の術だよ」

「……だから、屋敷の死体には頭がなかったのか」

聞いてるだけで反吐《へど》が出そうだな。

「ほっほっほっほ！　随分と博識なお嬢さんですからして。せっかくですからして、ワシの仲間達をご紹介させていただきますですね」

モニカの説明に、なんの痛痒《つうよう》も受けていない様子で笑うベルンは、その枯れ木のような腕を大きく広げた。

途端に周囲の空気が一変し、ベルンの体から黒い煙のようなものが滲み出す。

「アダムさん。ここは私が。邪には聖、命を冒涜するあの方は絶対に許せない。許しておけない」

「……モニカ大丈夫か？」

「大丈夫。問題ないよ」

固く結ばれたモニカの口は僅かに歪み、歯を食いしばっているのが分かる。

恐怖によるものではなく怒り。その証拠に、モニカの髪がさざなみのように揺らめいている。

「ミミル！　お前は封印を解かれたヤシャを捜せ！」

「了解じゃ！」

ミミルがその場から離脱するのを見てから、おぞましい表情を浮かべるベルンに視線を戻す。

イヒイヒイヒ、と奇妙な笑い声を上げ、白目は深紅に染まり赤い光を放つベルン。

そして、ベルンの周囲に複数の丸い物体がぽつぽつと出現。

「気持ち、わりぃな……」

「人の好みをとやかく言う私ではないですけれど、かなり趣味が悪いですわね」

ベルンの周囲に現れた物体、その正体を見極めて俺もリリスも思わず呻き声を上げた。

その正体とは、干からびてミイラ状になった人間の頭部。

眼球があった場所は暗く落ちくぼんで、小さな赤い光が灯っている。

「タスケテ……」「コロシテクレエ」「クルシイ、クルシイヨォ」「ママァ」

ミイラの頭部はベルンの周囲を飛び回りつつ悲しみの声を上げている。

空中に浮遊する頭部の数は二十。

そのどれもが苦しみ、呻き、助けを乞うている。

「あれ、全部生きてるのか……？」

「魔法の力で無理矢理生かされているの。早く浄化して解放してあげなきゃ……！」

「出来ますかな？　司教の力を侮るものではございませんですからして！」

それがベルンとモニカの戦闘開始の合図だった。

ミイラの口が大きく開き、そこから紫色の光線を一斉に射出する。

「【聖壁】！」

光線の発射と同時にモニカが【聖壁】を張るが、光線はモニカの横を通過。

「「えっ!?」」

咄嗟に避けたものの、ベルンの標的はモニカと見せかけての俺達。

だが、正々堂々と戦うとは思っていなかったから、こちらも【聖壁】を張っている。

地面に転がっている教徒達も、ついでに狙い撃ちされてバラバラに吹き飛んでいた。

どちゃどちゃと、周囲に散らばる教徒達の肉片と血飛沫が飛び散る。

「貴方という人は！」

「ほっほっほ！　貴女を狙うとは一言も言っておりませんですからして、はい」

モニカがベルンをきつく責めるが、ベルンがそれを聞いて自省するわけもなし。

カラカラと笑ってさらに光線を発射して、教徒達の体を撃ち抜いてとどめをさしていく。

不規則に動く二十のミイラから発射される光線は、縦横無尽《じゅうおうむじん》に空を焼き、地面を吹き飛ばし、俺達を狙ってくる。

「モニカ！　俺達の事は気にするな！　存分にやっておしまいなさい！」

「分かった！」

優しいモニカの事だ。

全体に攻撃をされてしまえば俺達に意識を割かなくてはならない。

俺達が参戦してもいいが、それはモニカの意志を踏みにじる事になるかもしれない。

それに、俺のサーヴァントであるモニカがベルンのような悪者に負けるわけがない。俺はそう信じている。

「貴方のような人は絶対に許さないんだからぁっ！」

「ほっほっほ！　威勢のいいお嬢さんですからして。そんなに怒ると皺が出来てしまいますが？」

「つく！　馬鹿にしてぇえっ！」

怒髪天をついた様子でベルンに食ってかかるモニカだが、ベルンは泣きわめく子供をからかうように嘲笑う。

ベルンの周囲を漂うミイラ頭は紫色の光線を吐き出しながら、両目の穴から血の涙を流し続けている。

そして——

「助ケテヨオネエチャン」「コロシテコロシテコロシテコロシテ」

と耳を塞ぎたくなるような悲しみの言葉を吐いては、モニカを狙って光線を発射する。

モニカは【聖壁】のおかげで傷一つ負ってはいないが、猛攻を前に攻めきれないでいた。

攻めきれない理由の一つにあのミイラ頭も関係しているだろう。

「しかししかししかしながら！　ワシの攻撃をここまで凌ぐ人は初めてでありますからとてもとてもとっても興奮いたしますですねぇ！」

ベルンは常軌を逸した表情を浮かべ、げひゃげひゃと涎をまき散らしながら下品な笑い声をあげた。

「貴方は……！　何が楽しいの！　罪のない人達の命を悪戯に奪って！　その魂すら冒涜するなんて！」

「楽しいか楽しくないかではないのですからして。これは使命！　世に混乱と恐怖をもたらすヤシャ様の御意向！　ゆえにワシは司教として！　平和と安寧を貪る罪人達に絶望と苦痛という名の贖罪《しょくざい》の機会を与えているのですからして！」

「何が贖罪よ……！　貴方には聞こえないの!?　刈り取られた首達の悲しい叫びが！」

「聞こえておりますですよぅ？　実に甘美な歌声ではありませんですか？　これこそ恐怖！　絶望！　苦痛！　ヤシャ様を称える讃美歌《さんびか》となるのですよ！」

「くっ……この狂人め……！」

激しい攻防の合間に交わされる会話に、聞いているこっちも反吐が出そうになってくる。

だがそれでいい。もっとモニカを煽るがいい。

お前が嬉々として語るその外道な言葉の数々が、モニカの力を増大させているのだ。

「もういい……！　許す許さないじゃない……！」

光線に弾き飛ばされたモニカが、地面からむくりと起き上がり、ポツリとそう呟いた。

そして、さらに迫る光線を掌でバチィン！　と地面に叩き落とした。

「おひょっ!?」

その様子を見たベルンが実に間抜けな声を上げた。

「な、何をしたのですからして！」

目を広げて驚いたベルンがさらに二筋の光線を放ったが、その二本の線はモニカの腕の一振りでまたしても地面に叩きつけられた。

「助けてって言ってるじゃない……もういやだって叫んでる、泣いてる、殺してくれって言ってる……それが……？　讃美歌……？」

ゆらり、と幽鬼《ゆうき》のように一歩を踏み出したモニカの髪がざわりと大きく波打つ。

「ふざけてんじゃないわよ……調子に乗ってんじゃないわよ……！　いい加減にしなさい‼」

ドゥッ！　と地面が弾け、その場からモニカが消えた。

そして――


――サーヴァント：モニカが【半人半霊《デミファントム》】から【慈愛幽鬼《ラブファントム》】に進化しました。


理ちゃんの声が頭に響いた。

そもそもモニカの種族が【半人半霊】だった事に驚いたが、【慈愛幽鬼】って。

モニカを表すにはそのまんまと言えばそのまんまだが……

【森羅万象《しんらばんしょう》の王《おう》】に目覚めた時に、進化がなんだかんだって言っていたけど、俺以外にもあるとは思わなかった。煽れ煽れとは思っていたけど、その結果、モニカが進化しちゃうなんてな。

「なんっ！」

「一つ」

そんな俺の静かなる驚きをよそに、戦局は大きく動いた。

狼狽えるベルンの背後に現れたモニカは、漂うミイラ頭の一つを両手で優しく包み込んだ。

「何をするのですからしてっ！」

「二つ、三つ」

モニカ目がけて光線を放とうと口を広げた二つの頭に、モニカはそっと手を添えて優しく呟く。

「くうっ！　貴女！　貴女貴女！　ワシの大事な聖歌隊を！」

モニカが触れた三つのミイラは、そのおぞましい形相から一転、安らかな笑顔に変わり、光の粒子に変化して空中に溶けていった。

「苦しかったね。でも、もう大丈夫だからね」

「まさか……！　たった一撫ででワシの能力から解放したと言うのですからして!?」

「切り離した？　違うよ。浄化して成仏させただけ。苦しみから解き放ってあげただけ」

そう言ってゆっくりと顔を上げたモニカの顔は、とても穏やかだった。

口は緩やかに弧を描き、薄く開かれた瞳にはただ静かな慈愛の光がたたえられていた。

そして、モニカの額には半透明で青白く、温かな光を纏う一本の角が発現していた。

ざわざわと波打つ髪は、見えない何かで後ろに纏められており、駿馬《しゅんめ》の尻尾のように揺れていた。

「貴女……先ほどとは別人のご様子……汚らわしい光、忌々しい安らかさ、憎むべき安寧が貴女の中にありますですからしてえええええ！」

纏う雰囲気が一変したモニカに、激昂《げきこう》したベルンが一斉に光線を放った。

「散りなさい」

ただ一言。

モニカのその一言で十七本の紫の光線は、彼女の眼前で弾けて霧散した。

「ば……馬鹿な……！」

「私は貴方を許します」

「……なんですと？」

光線が霧散した事に驚いて硬直するベルンに対し、その場から一歩も動かず、モニカは静かにそう告げた。

そして瞼《まぶた》を閉じ、さらに続けた。

「この世界から、消滅する事を……許します」

死刑宣告のようにそう宣言したモニカは、目をカッと大きく開いた。

その瞳には穏やかながら全てを照らし出す太陽の光のような苛烈さが灯り、口元は薄く開いて白い歯が僅かに覗く。

「貴方のような外道には死すらも、輪廻転生すらもおこがましい。貴方が迎えるべきは消滅、ありとあらゆる理から消滅させて、無に帰してあげましょう」

薄く笑い、ゆらり、と音もなく一歩を踏み出したモニカに対し、ベルンが一歩後退する。

「な！　なぜワシが後ずさりなど！　まさか……怯えている？　このワシが？　馬鹿な！　馬鹿なバカなばかナ馬鹿ナあああああ！」

足を一歩引いてしまった事が認められず、ベルンは咆哮《ほうこう》と共に光線を放った。

あらゆる角度から放たれた光線は、今までの倍はある太さをもってモニカへと襲いかかる。

「死ね！　死ね！　死になさい！　死ぬのですしねしねしねしねしねしねええええい！」

光線は小刻みに連続して放たれ、それはまるで降りしきる豪雨のようだった。

ズドドドドッ！　という盛大な着弾音が鳴り響き、その度に地面がえぐられ、粉塵が舞い上がり、土煙が爆発的に増加していく。

だが、それでもベルンの猛攻は収まらず、紫色の豪雨は数分間続いた。

その最中、モニカは一切動く事なく、一切の反応を見せず、滝に打たれる修行僧のように、ただただそこに立ち続けた。

「はぁ……はぁ……」

ベルンは自分が舞い上げた土煙の中をじっと凝視《ぎょうし》しながら、肩で大きく息をしていた。

その表情には先ほどまでの余裕は全く見られず、大量の汗をその皺だらけの顔面に垂らしていた。

「ひ……ひぃひひ……死んだ、死んだでありますからして！　いかに気配を変えた所で、ワシの術から逃れる事は出来ないのであります！　何が消滅！　何が無か！　無ではなく始まり！　ワシこそが始まりにして原点！　死の先にある死の最中にある死の直前にある激烈にして苛烈な負の感情こそが、このワ」

「お静かに」

「かっ……！」

涎をまき散らし、天を仰いで喚き散らすベルンのもとに、もうもうと立ち込める土煙の中から凛とした声が届く。

その一言だけで、ベルンは声を失ったように口を開閉させ、喉を押さえ、顔を引き攣らせた。

「讃美歌と言うのは……神を称える……それだけであれば私は何も言いません。ですが、意図的に

に命を奪われた狂気の声。頭部だけとなって、ミイラとなってさえ、苦しみを、悲しみを、恐怖を、絶望を味わい続ける哀れな者達が聖なる歌を奏でられるわけがありません」

「ひゅー……ひゅうー……！」

ざっ、ざっ、と土を踏みしめ、土煙の中からゆっくりと現れたモニカが静かにそう語る。

ベルンは喉を掴み、必死に声を上げようともがいてはいるが、それは叶いそうになかった。

「安らかなれ」

モニカがすぅ、と手を薙ぐと、ベルンは冷たく透き通った青白い光に、その周囲を漂っていたミイラ頭達はそれぞれ温かみのある柔らかな光に包まれる。

「あぁ……」「あったかぃ」「ありがとう……ありがとう……」「ただいま、おまえ……」

柔らかな光に包まれたミイラ頭達は、生前の姿を取り戻し、やがて光の粒となって空に溶けていった。

一方ベルンは。

「っ！」

口を大きく開け、絶叫しているような顔で、苦悶の声を上げて喉を掻きむしっていた。

「貴方はそのまま……誰にも悲しまれる事なく、消えなさい」

「～～～！」

「滅びなさい」

モニカはなんの動作もせず、印を結ぶ事もなく、ただぽつりと呟く。

それだけでベルンを包んでいた冷たい青白い光が一際輝きを強め、その体を徐々に分解していく。

ベルンの枯れ木のような体が、全て分解されるのに時間はさほどかからなかった。

体が分解されていく恐怖に染まった顔も、断末魔の叫びを上げる事なく静かに崩壊していくのだった。

見事ベルンを消滅させたモニカは、その場でがくりと膝をつき、虚ろな瞳をしていた。

「やったな」

そんなモニカの肩を優しく叩くと、ぼうっとしたような口調で喋り始めた。

「うん。でも……なんだか私が私でなくなったみたいな感じがして、ちょっとだけ怖かった、かな」

モニカが進化を自覚しているのか分からないが、彼女の中で何かが変わった感覚があったのだろう。

「上出来ですわモニカ！　一つの壁を越えましたわね！　これで貴女も立派な……立派な……なんでございましょう？」

リリスはやはり、頭の出来が残念に思える事が多いな。

「知るかよ……俺に聞くな」

額に出現していた角は既に消えていて、髪の毛もいつも通り背中に流れている。

ただ少し、以前とは纏う空気が違うような感じがするだけだ。

「終わったようじゃの」

「お、ミミルか。首尾はどうだった？」

「ダメじゃ。あの僅かな時間でどこに消え失せたのかは分からんが、ついに見つけられんかったわい」

「臭いが消えてたのか？」

「いんや、逆じゃよ主様。鬼の臭いだけなら追えたんじゃが、濃厚な死の匂いが充満し過ぎていて何が何やらって感じじゃの」

「そうか……」

ミミルの言う濃厚な死の匂いというのはベルンから噴き出していたあの気配の事だろう。

それがこの辺一帯に行き渡り、ミミルの鼻では追いきれなかったに違いない。

『『ますたぁー最近僕ら出番少なーい』』

メルトが悲しげにクゥンと鳴いて、俺の頬に体をこすりつけながら、文句を言い始めた。

ごめんごめんと言いながら、シルクのような肌触りの胴体を優しく撫でてやる。

それだけで機嫌が直ったのか、メルトは勢い良く尻尾を振り始めた。

『まー♪』

『僕らはー♪』

『マスターと一緒ならなんでもいいんだけどねー♪』

「そうですわよねぇー♪」

俺が撫でていると、ふいにそんな声が聞こえて手触りが違うものへと変わった。

さらさらとした絹糸のような手触りが清流のように指の間をスルスルと流れ落ちていく。

「……リリス、どさくさに紛れて撫でられに来るな……！」

「ふぇん⁉　ダメですの⁉」

俺とメルトの間に頭を割り込ませたリリスが、捨てられた子犬のような目を向けてくる。

「いいとか悪いとかじゃなくて……その、な。ほら。周りの目ってあるだろ？」

「周り？　私達しかおりませんけれども？」

「なんでいつも肝心な所でとぼけるんだお前は！　ぜぇーったい分かってやってるだろおぃぃ！」

はて？　と首を九十度近く曲げたリリスのこめかみを拳で挟み込んでぐりぐりとこねくり回す。

こいつ絶対確信犯だ！

「いい痛いですわ！　痛いですわぁぁあ！」

「お前のステータスだったらこんなの痛くないだろ！　大げさなんだよ！」

俺が必死に繰り出しているこめかみぐりぐり攻撃に、なぜか頬を紅潮させているリリス。

変な疲れが肩に乗りそうになった時、

「早くなんとかせんといけんのう」

「うっわ！　びっくりした！」

ぐりぐりしている俺の脇に、突如ミミルがひょっこりと頭を突き出してきた。

驚く俺をよそに、ミミルは中指を尖らせた拳を作りリリスのつむじ辺りをごりごりと押し始めたではないか。

「あだだだだ！　おいこるぁ！　何すんじゃロリ鬼！　禿《は》げる！　禿げる！」

「お前が変な事言い出すから、主様が困っておるじゃろうて」

「変な事とはなんですの！　もういっぺんドタマかち割ったろかぁぁん⁉」

器用に俺とミミルの戒めから脱出したリリスが目を血走らせて激怒し始めた。

あーもう、どうしてこうなるかな……

「やれるもんならやってみい！」

「貴女！　私にボコボコにされて首ちょんぱされた事、忘れたのかしらぁ？」

ミミルも喧嘩を買うんじゃゃない。

「二人ともそこまで！　いい加減にしろって何度言ったら分かるんだ！」

「仕方ないではありませんか……ドラゴンと鬼は犬猿の仲なのですわ。アダム様だってご存じでしょう？」

「え？　そうなの？　初めて聞いたけど」

いがみ合う二人の頭を押さえつけて無理矢理引きはがすと、リリスから思いがけないセリフが飛び出した。

「本当じゃよ主様。鬼とドラゴンは太古から仲が悪いでの」

「え、まじ？」

「マジじゃ。ドラゴンの奴め、大昔ドラゴンと人の混血を作り出した事があっての。その混血を桃に詰めて人里へ流し、鬼を悪者に仕立て上げて、殲滅させようと画策したのじゃぞ」

「……は、はぁ」

いきなり始まった昔話に、俺もメルトも置いてきぼり。

その隣には、今の今まで死闘をくり広げたにもかかわらず、思い切り二人に出番をかっ攫われたモニカが仏頂面《ぶっちょうづら》で座り込んでいる。体育座りで。半泣きになりながら。「私だって頑張ったのに……」と小さく恨み節を呟きながら。

「それを言うならミミルさん。おたくの鬼族だって、我が祖先である八ツ首龍様にお酒を飲ませて騙し討ちをしたではありませんの。しかも、その騙し討ちをした極悪鬼を神のように人間に崇めさせる卑劣っぷり！　お名前なんでしたっけ？　スサノオノミコトでしたっけ？」

リリスが反論して別の昔話を投げかけた。

「あれは禁忌を破って人里を襲う悪龍をどうにかして欲しいと、人間から頼み込まれたからではないか。不手際で我ら鬼に迷惑をかけたのはそちらではないか！　しかもその話は何年前の話じゃ？数千年も昔の話を持ち出すでないわ！」

どちらにも思う所はあるようで、謝ろうという意思は全く感じられない。

「なんですの！」

「なんじゃあ！」

お互いに腕をまくり、額を激突させていがみ合う二人を見ながら「もうどうにでもなれ」と座り込んで半ば呆れていた俺の肩に、ストン、と何かが触れた。

「お、おい……」

「少しだけ、いいよね」

「あ、あぁ」

俺の肩にはモニカの頭が乗り、俺の呼吸に合わせてゆっくりと上下している。

柔らかな花の香りが鼻孔にふわりと忍び込み、頬にはさらりとした髪の感触。

唐突な出来事にドギマギしながらも、俺は必死に冷静さを保つ。

「「「オンオン！」」」

俺がドギマギしているのも知らず、メルトも三つの首を器用に俺の体に乗せてきた。

いつもいつもしな垂れかかってくるリリスにはもう慣れたが、一切そんな素振りを見せないモニカに急にこういう事をやられるのは慣れない。

「お疲れ様」

「ありがとう。あのね、アダムさんに報告があるの」

「俺に？」

何やら真剣な面持ちのモニカ。

「うん。私、怒る事で法術の威力が上がるって気付いたの」

「怒りが力になるって事か？」

「んと、怒りのエネルギー、怒気っていうのかな。それが多分、私の法力を引き上げてくれて、結果的に法術の威力が上がってるんだと思う」

「ほほう？」

「火事場の馬鹿力みたいな事なのかな～」

「なるほどなぁ」

やや興奮気味のモニカだが、俺には今いちピンと来ない。

「凄いですわねモニカ。これならユニコーンの力を扱えるようになる日も近いかもしれませんわね！」

「ユニコーンの力？」

「ってなんだそりゃ？」

ピンと来た人がここにいたようだ。

「あれ？　言ってませんでしたっけ？　ユニコーンは憤怒を司る強力な幻獣ですわ。その魂と同化したのですから、訓練を積めばユニコーンの技や魔法なんかも使えるようになりましてよ」

聖女であるモニカが幻獣ユニコーンの技を使う、か。

「それは……なんだか、凄く凄そうだな」

「うん。私、頑張るよ！」

それはそうと……

「さて、これからどうするかなぁ」

「どうしましょう。ロリ鬼が取り逃したのが悪いとは思いますけれど、それをごちゃごちゃ言っている場合ではありませんものね」

「くっ……ぐぬぬ。否定出来んゆえに、反論も出来んぞい……口惜しや……！」

ミミルはヤシャを取り逃した事を自分でも悔いているようで、これについては何も言い返せない。

「ミミルのせいじゃないさ。ここで考えていても仕方ない。とりあえず一度オリヴィエに戻ろう。バーニア卿に報告もしなくちゃならないからな」

「はーい」「はーいですわ」「はーいなのじゃ」

元気よく返事をしてくれるのはいいんだけど、なんだか遠足の引率《いんそつ》をしているみたいで複雑な気持ちになった。

おかしいなぁ……俺のサーヴァント達ってかなりかなーり強い子達なんだけどなぁ……なんで皆こう、幼稚園児みたいなんだろうか。

どことなく複雑な気分になりつつも、俺達はオリヴィエの町へと戻ったのだった。


オリヴィエに戻ると町の様子が妙に慌ただしい。

「なんだか慌ただしいな……？」

「そうですわね」

「なんかあったのかな？」

井戸端会議をしている奥様方のそばを通ると、怖いわねぇ、という声が聞こえてきた。

バーニア卿に報告と、これからの事を相談するために、地下牢のある衛兵詰所へと足を向けたのだが……

「な、んだよ……これ」

「あらあら……」

「うそ……」

到着した俺達の目の前に現れたのは、見知った建物ではなく、残骸となった衛兵詰所だった。大きな爆発でもあったのか、建物はほぼ原形を留めていない。

「そんな……建物ごと爆破するなんて……」

「入れ違いで襲撃された、と見るのが妥当でしょうね」

モニカが顔を真っ青にして呻くが、リリスは冷静に分析している。

「あの、すみません」

「ん？」

俺が詰所跡を警備していた衛兵に声をかけると、衛兵はやや緊迫した面持ちをしていた。

「あの、ここにバーニア卿が収監されていたと思うのですが……」

「あぁ、そうだな。残念ながらバーニア様もここに詰めていた兵達も、全員お陀仏《だぶつ》だよ。跡形もなくな」

「そんな……い、いつ爆発が起きたのですか？」

「数時間前だよ。いきなりドカン、だ。爆発に巻き込まれた通行人も多い。大騒ぎさ」

はぁと大きな溜息を吐いた衛兵に礼を述べてから、俺達は宿へと帰った。

宿について食事を取ったものの、ミミルを除いた俺達三人はあまり食事が進まないでいた。

「何がどうなのか皆目分からんが、飯がうまいのう」

ミミルは目の前に広げられた大量の料理に目を輝かせ、次々と箸を伸ばしてはその小さな胃袋に詰め込んでいた。

モニカは、目の前に置かれたキノコがたっぷり入ったシチューにスプーンを突っ込み、ただひたすらにグルグルとかき混ぜてはその表面を見つめていた。

モニカとしては、バーニア卿が死んだ事もそうだが、またしても多くの犠牲者が出てしまった事に心を痛めているのだろう。

そして、同じく神妙な表情を浮かべているリリスだが、こいつは心の底から悲しんでいるようには思えない。

なんせリリスは、高尚《こうしょう》で神秘とされ、地方によっては崇められる事もある龍族であり、しかも、その龍族の王であり幻獣界の頂点、幻獣王バハムートエデンの娘なのだ。

人のナリをしてはいるが、その心まで人間である事はない。

リリスからすれば、下等な人間が何人、何万人死のうが知ったこっちゃないわけで。

だからと言って、冷たい奴だなんて事は欠片《かけら》も思わない。

現に今しおらしくなっているのも、俺とモニカの空気を察して彼女なりに配慮している結果であり、彼女なりの優しさなのだと俺は思っている。

しかし、こういう所は察しがいいのになぁ……どうして普段はああなんだろうか。

種族の違いというのはある。

それはモニカだって分かっているし、だから空気を読まずにモリモリ食事をしているミミルにだって何も言わない。

鬼が人の死を悲しむだなんて、聞いた事ないだろう？

「しかしのう。そのバーニャなんちゃらとかいう男に他に手がかりがないか聞くつもりだったんじゃろ？　その本人が襲われて死んでしまった以上、どうするべきなのかのぅ。八方塞がりとはまさにこの事じゃて」

「そうなんだよなぁ……」

俺もそれは考えている。

目の前のローストチキンをナイフで細かく切り裂きながらずっと考えている。

おかげでチキンの身と骨が綺麗に分かれ、骨には身の一つも付いていない。

「アダム様？　王都に帰るのはいかがです？」

チキンに思考が向き始めた時、リリスがそう言い出した。

「王都に？」

「はい。王都に帰ればギルドマスターのグラーフもおりますし、私達の知らない新しい情報が入っているやもしれませんわ」

「確かにな」

確かにこのオリヴィエの町よりも、王都の方が遙かに規模は大きいし、入ってくる情報も新鮮で実りを期待出来そうなものもあるだろう。

「……リリスさんの言う通り、ここで私達に出来る事は最早ない、と思う」

モニカもリリスの提案に賛成のようだ。

「王都じゃと？　どこじゃそこは？　ここより大きいのかぇ？」

ミミルはと言うと関係ない所に食いついているが、とりあえず、今の所は無視しておこう。

バーニア卿の事は非常に残念だが、モニカの言う通り、俺達がオリヴィエに滞在していた所で進捗はないだろう。

俺達は食事を済ませ、一度休憩を取る事にした。

女性陣と分かれた俺はのんびりと風呂に入って、少し硬めのベッドに寝転がりながら今では見慣れた天井をじっと見つめていた。

部屋の窓は少し開けてあり、僅かに吹き込む夜風が風呂で火照った体にとても気持ち良い。

窓の外からは、一階の食堂で他の冒険者達が飲み笑い合う声が聞こえて来る。

バーニア卿は亡くなって、オリヴィエを治める領主がいなくなった。

町は未だに緊張状態にはあるけれど、明日もまた、今までと変わりない日々がやってくる。

漁師は海で魚を獲り、猟師は山で獲物を狩り、農民は畑の手入れに勤しみ、商人は客を相手に品物を売る、それぞれがそれぞれの日常を送るのだ。

なんにも変わらない。俺達だって何も変わらない。

封印の解かれたヤシャを追い、ミミルに食わせるだけ。いつも通り冒険するだけ。

それが終わればまた今まで通り、冒険者ギルドで依頼を受けてはそれをこなして報酬を得る。

何も変わらないはずなのに、胸の中に薄く広がるこのざわめきはなんなのか。

今現在、いくつのヤシャの封印が解かれているのだろうか。

どれくらいの数の一般人が犠牲になっているのだろうか。

世界の片隅に生きる俺に、その全てを知る術はない。

世界を救おうだなんて大層な事も思ってないし、救えるとも思ってない。

森羅万象の王になったからと言って、アレをしろコレをやれと指図して来る存在もない。

正直、森羅万象の王になってから獲得したスキルも、完全に使いこなしているわけじゃないしな。

と、そんな事を思いながら微睡《まどろ》み始め、そのまま眠りについたのだった。


翌日、身支度を済ませてから御者付きの馬車を借りるべく貸し馬車屋へと赴く事にした。

オリヴィエに来る時に乗っていた馬車は冒険者ギルドのものなので、俺達を降ろした次の日にはさっさと王都へ帰ってしまっていた。

「ねぇアダム様？　そろそろ私達もしっかりした装いをした方がいいと思いませんか？」

宿屋で最後の朝食、ベーコンエッグと胚芽パンにポタージュスープをいただいてチェックアウトを済ませた後の事。

慌ただしい朝の歩道をのんびりと歩きながら、リリスがそんな事を言い出した。

「しっかりした装いってなんだよ」

「いいえ、アダム様はS級冒険者ですわよね。なのに専用馬車の一つもお持ちにならずに移動は徒歩か貸し馬車、あ、テロメアの投げ飛ばしもありましたか」

「まぁなぁ。だってそれで事足りるだろ」

「それはそう、ですけども……うう！　モニカぁ！　助けてくださいまし！」

リリスは困った顔になって横を歩くモニカの肩を揺すった。

え、俺、なんか変な事言ったか？

リリスの言いたい事が理解出来ず、俺は頬を指先でポリポリと掻いた。

「アダム様は私の旦那様であり、サーヴァントにとっては忠誠を誓うマスターであり、S級冒険者であり、森羅万象の王なのですわ。そんなお方が徒歩で、貸し馬車で、乗合馬車で移動されるなど……情けないですわ」

リリスにしては、強めの言い方に感じる。以前から思っていた事なのだろう。

「情けないって……そんなにか？」

「そんなにですとも。どこの世界に貸し馬車で移動する王がおりますか？　そもそも王でなくとも、S級冒険者は、全冒険者の憧れと聞いておりますわ。そんな憧れの対象が、貧相な装備で貸し馬車に乗って登場したらどうです？」

リリスは頬を膨らませ、厳しい視線を向けてきた。

「んー……庶民的な人なんだなぁって思う、かな」

「はぁ……分かりましたわ。じゃあ率直に言いますわね。それなりの地位にある者はそれなりの身なり、権力を誇示する義務があるのですわ。あんな人になりたい、あの人は凄い、そう思わせる事も必要な事なのですわ。ですから、今から私が！　王のなんたるかをご教授させていただきますわ！」

リリスはビシッと指先を突き出し、覚悟を決めたような眼差しを俺に向けた。

そしてそこからリリスの説教に近い講義が始まったのだった。

「――アダム様？　お分かりですか？　以上が私の考えですわ！」

「あ、あぁ……言いたい事は分かったよ。とりあえずその話は考えておく。実行するにしてもヤシャの問題が解決してからだ」

「はぁ……分かりましたわ。緊急事態ですものね、仕方ありませんわ」

こうして俺達はごたごた続きのオリヴィエを後にしたのだった。

第五章　冒険者ミミル

「やれやれ、随分と長い間離れていた気がするな」

王都へ辿り着いた俺達は、早速冒険者ギルドに赴いていた。

「アダムさん！　ご無事でしたか！」

「あはは、どうも」

ギルドに入ると、受付嬢のシムスが駆け寄って来た。

「オリヴィエの騒動は聞きました。こちらでも調査を進めていますが、とりあえずはマスターとお話を」

「分かりました。俺達もそのつもりでしたから」

挨拶もそこそこに、そのままグラーフのいる部屋へと通される。

「ただいま戻りました」

「お帰り、アダム君、リリス君、モニカ君。オリヴィエでの話は聞いている、大変だったな」

「えぇまぁ……」

グラーフと俺達の間に、僅かな沈黙が流れる。

犠牲者を弔う、黙祷の後、グラーフが静かに語り始めた。

「今回の事件、すなわち、鬼獣教によるヤシャ復活に関する事件だが……報告によると、世界各国でも起こっているそうだ。さらに、鬼獣教のトップである司教達の存在も確認されている。今まで表立って行動する事のなかった司教達が、人目も憚《はばか》らずにその力を振るっている。これは非常に由々しき事態だ」

封印は全てで八箇所。その全てで今回のような事件が起きているのか。

「あの、確認されている司教は何人いるんですか？」

「報告にあったのは六人、だが鬼獣教は暗躍していてな。あまりにも情報が少ない。全てが後手に回っているのが現状だ」

「そう、ですか」

「何人いようが問題ありませんわ！　このリリス、そしてアダム様とモニカがいれば司教が何人出張ってこようと、全て倒してやりますわ！」

沈んだ空気を吹き飛ばすように、リリスが力強く言った。

「ふふ、頼もしい事を言ってくれるな。だが、君達を見ていると、それも現実と思えてくるから不思議なものだ」

グラーフは口角だけを上げて笑い、ふう、と小さく息を吐いた。

「君達の実力は非常に高く評価している。だが、これは世界規模の問題になってしまった。いくら君達でも、海を越えた他の大陸にまで手を伸ばすのは難しいだろ？」

「ま、まぁ、そうですわね……」

グラーフの言う通り、遠く離れた地はどうする事も出来ない。

「それに、君達に全てを委ねるつもりもない。各地の冒険者ギルドにも、猛者は在籍しているし、現在各地で冒険者ギルド、傭兵ギルド、各国軍との共同作戦が展開され始めている。表に出て来た鬼獣教徒達を捕らえ、奴らを丸裸にするつもりでな」

「共同、戦線……という奴ですわね」

「あぁそうだ。しかし、残念な事に、ヤシャの封印解除は世界各地で同時多発的に起こった。そのせいでほとんどの封印が解かれてしまったのは口惜しいがな」

そう言ってグラーフは、苦虫を嚙み潰したような表情を浮かべ、目を伏せた。

「アダム君達は、ひとまず宿で疲れを癒すと良い。ゴタゴタばかりで休む暇もなかったろうからな」

「あー……分かりました。それでは、お言葉に甘えさせていただきます」

「うむ。何かあればこちらからすぐに連絡する」

「よろしくお願いします」

話を終え、ギルドを出た俺達は、いつもの宿に向かった。


王都へ戻ってからしばらくは、ヤシャや鬼獣教関連のニュースが絶える事はなかった。

そんな中、俺達はと言うと――

「アダム様～暇ですわぁ～……」

「それなぁ～……」

「もう……二人ともダラけすぎてロクスちゃんみたいになってるじゃない」

宿屋のベッドでゴロゴロしていた。

世界の危機だというのに、なぜゴロゴロに精を出しているのか。

数少ないS級冒険者の俺と、A級冒険者であるリリスとモニカの三人には、王都での待機命令が出ているからなのだ。

有事の際にはすぐ駆けつけられるように待機していろ、という事なのである。

王都から全く出てはいけないわけじゃないので、時には近郊の素材収取や害獣退治などの依頼をやって暇を潰し、時には復興作業を手伝って暇を潰していたのだ。

喜ばしい事に、ロクスやテロメアは復興作業に大いに貢献してくれていて、今日も色々な所でご指名をいただいており、二体は現在出張中でございます。

あの子達を受け入れてくれてありがとう、王都の皆、俺は嬉しい。

「そう言えばさ、ミミルをうちのパーティの一員として冒険者登録しようと思う」

俺はここ最近考えていた事を皆に告げた。

「嫌ですわ」

「冒険者登録しちゃえばわざわざ厩舎に入ってもらわないでも、大手を振って歩けるからさ」

「嫌ですの」

「あの、アダムさん……？」

「ここにいてもどうせ暇なんだし、今からちゃちゃちゃっと申請しに行こうかと」

「嫌ですのよ」

「リリスさんが嫌って……言ってるよ？」

「ぜえええぇぇぇえっったいに嫌ですわ！」

「はぁ……言うと思ったし聞こえてたけど無視してた」

「だ、だよね……」

水と油、ドラゴンと鬼。相容れない存在なのは分かっている。

けど今は、少しでも人前でスムーズに動ける戦力が必要だと思ったのだ。

別に登録なんてせずに、その時その時で呼び出せばいいじゃないか、とも思うのだけど、俺やモニカ、リリスが動けない時に、ミミルが冒険者の資格を持っていれば自由に動かす事が出来る。

まあ、そんな時が来るとは思えないが。念のためという奴だ。

「リリスが嫌なのは分かってる。でも申し訳ないけど理解して欲しい」

と言ってリリスの手をきゅっと優しく握り、じっとその瞳を見た。

「あ、アダム様……そんな真剣な眼差しで見つめられたら私……」

「俺の考えは――」

とある事をリリスに耳打ちすると、拗ねたような顔がみるみる笑顔になっていった。

「分かりましたわ！　私、アダム様のご期待に添えるように精進《しょうじん》いたします！　そのためならば、あの鬼幼女とも手を組んでみせましょう！」

「分かってくれて嬉しいよリリス」

先ほどまでのイヤイヤはどこへやら、リリスは掌くるりん実にうきうきとした表情になっていた。

「アダムさん。リリスさんに何吹き込んだの？」

おっしゃあ！　と小さくガッツポーズを作るリリスを横目に、モニカが尋ねて来た。

「ん？　あいつの事はもうある程度分かるからな。ちょっとずるい事を言ったのさ」

「ずるい事……？」

モニカの頭上にいくつものハテナマークが浮かぶ。

「あぁ。俺が考えている事を伝えただけだ。リリスがミミルを嫌いなのは分かる、でもお互いが歩み寄って協力する姿を俺は見てみたい。その先にきっとリリスにとっていい未来が待っているはずなんだ、期待してる、最高のドラゴンプリンセスだもんな。ってな」

俺はリリスに耳打ちした事を、そのままモニカに伝えた。

「それだけで……？　相変わらずチョロい……」

「扱いやすいんだ、それでいい」

「でも、アダムさんがリリスさんの事信頼してるのは分かってるし、いいと思う」

「だろ？　もちろんモニカもミミルも信用してるさ」

はにかむモニカの頬は少しだけ赤く染まっており、柔らかな笑顔を見せてくれた。

「よし。そうと決まれば、ギルドに行くぞ！　ミミル、出てきてくれ」

ミミルを厩舎から呼び出した。

カロン、という軽やかな下駄の音と共に、少し眠たそうな表情のミミルが飛び出てきた。

「お呼びかの。主様」

「ミミルには俺達と同じ冒険者になってもらおうと思う」

「はて？　ボーケンシャ？　なんじゃそれは」

そこからか。まあ、人間の世界の事なんて知っているわけないよな。

「冒険者ってのはかくかくしかじかで……ミミルには冒険者になってもらってあーしてこーして……」

「ほう。なるほどなるほど。それはまた面白そうな事を考えるのぅ。妾は一向に構わん」

腕組みをして鼻をフンスと鳴らすミミル。

「ありがとう」

「礼など言うでないわい。主様の命は絶対じゃ、逆らうわけもなかろ」

「はは。そう言ってくれると助かるよ」

「して、先ほどからなんぞ気持ちの悪い視線を送ってくるうつけがおるの」

じとり、とミミルが視線を動かすと、その先には椅子に座り、ニマニマ笑みを浮かべるリリスがいた。

「あらあら。気持ち悪いなんて酷い事を仰らないでくださいませ？　私は高貴なるドラゴンプリンセス。たとえ貴女が寸足らずで絶壁の鬼幼女だとしても、私は仲良くしていけますわ？　それが私とアダム様の輝かしい未来へと繋がるのですわー！　おーっほっほっほっほ」

「うへぇ……なんじゃあ……アレは……」

リリスに向いていた視線がゆっくりと俺に戻ってくる。

「あーいや、気にしないでくれ。あいつもミミルと仲良くしようとしているんだ。大目に見てやってくれ」

「なんぞよう分からんが、まぁよかろ。妾もちぃとばかし気をつけるとしよう。顔を合わせれば喧嘩ばかり、それでは将来の夫に嫌われてしまうでの」

「あぁ？　アダム様の嫁はこの私ですのよ!?　調子に乗って」

「リーリースー」

早くも喧嘩腰のリリスに、俺は待ったをかける。

「わんわん！　分かりましたわアダム様！　という事でミミル！　仲良くやりましょうですわ！」

「あい分かった、が……なんぞ調子狂うのぅ……」

引き攣った妙な笑顔を張り付けたリリスだったが、彼女なりに頑張ろうとしてくれているのだ。

長い目で見ていこうと思う。


「こんにちはー」

ギルドの扉を潜り、受付のシムスへと声をかけた。

「あ、アダムさん、お疲れ様です」

「お疲れ様です。今いいですか？」

「はい！　大丈夫ですよ！　どんなご用件ですか？」

「実はパーティメンバーを一人増やしたくて」

「増員の申請ですね。ではこちらの書類に……」

シムスは手際良く進めてくれる。

「あ、いえ。増員は増員なんですが、冒険者登録からしたくてですね」

「え？　でもアダムさんのパーティは……」

シムスの視線が俺、リリス、モニカへと動き俺へと戻る。

S級の俺とA級の二人がいるこのパーティに初心者が入るのは無理だと言いたいのだろう。

「ちょっと訳ありで。実力はかなりのものですよ」

「まぁ、アダムさんがそう言うなら……分かりました。今から出来るかマスターに確認してきますので、おかけになってお待ちください」

「よろしくお願いします」

シムスは少し怪訝な顔をしながらも、グラーフのいるマスター室へと駆けていった。

「なんか問題なのか？　主様よ」

ミミルは今の状況を理解出来ていないみたいだ。

「問題というか、あまり例がない、って感じかな。俺達は高ランクパーティだからね、実績のない駆け出し冒険者を仲間に入れる事は珍しいんだよ」

「なるほどの」

「あれでもアダム様？　私の時はすんなり登録出来ましたけれど……」

ちゃっかり俺の隣に座ったリリスがそんな事を言った。

「あの時は俺が【ラディウス】に嵌められたりして、ゴタゴタしてたろ？　それにリリスのおかげで死地から脱出出来たって伝えてあったしな。状況が違うのさ」

「あぁ、確かに。なるほどですわ」

だいぶざっくりとした説明だけど、納得してくれたようだ。本当に理解しているかは知らないけれど。

「して主様よ。妾の細々《こまごま》した設定は来る時に話した内容で良いんじゃやな？」

「うん。そのまま話せばいいよ。補完は俺がやる」

「承知した。にしても、なぜ皆妾ばかり見よるんじゃ？」

長椅子が高すぎるのか、ミミルは浮いた足をプラプラと遊ばせながら、ギルド内をさらっと見渡した。

「あぁ、ミミルの内情を知らない人から見たら、幼い子がギルドにいるわけだし、それにミミルは容姿もいいだろ？　だから余計にな」

「納得じゃ」

と、得意げに鼻を鳴らすミミルだった。

ギルドに入ってから今まで、ここにいる冒険者達の視線が、一気にミミルへと向いているのだ、気付かない方がおかしい。

ギルド内はいつも通りの賑やかさなのだけれど、ミミルがいる事で微妙な空気になっていた。

「おいおいおい。アダムさんついにやっちまったのか？」

「馬鹿！　聞こえるぞ！」

「あの子可愛い～お人形さんみたいね！」

と、まるで俺に聞かせるように各々が言葉を発する。

「やれやれ。ギルドの看板パーティともなると、大人しく待ってもいられないなぁ！　結構結構結構！」

そんな声がした方を見ると、笑いながら階段を下りてくるグラーフと目が合った。

「あ、グラーフさん。お疲れ様です」

「新しい仲間を冒険者登録したいって？」

「はい。今から出来ます？」

「問題ないぞ。それで……その人物はどこに？」

「あ、言ってませんでしたね。この子です」

「この子って……言われても……」

グラーフとシムスがキョトン顔で俺達の周囲を見渡し、俺と目が合う。

そしてもう一周し、俺の横にいるミミルへと目を向けた。

「はじめまして。妾はミミルと申す者。この度は妾の悲願のため、冒険者という職に就いてみたいと考えておる」

ミミルはぺこりとお辞儀をし、丁寧な口調でそう言った。

「「「えええええええええーーーーー！！！」」」

そしてグラーフを含め、ギルド内にいた全員の口から驚愕の絶叫が発せられた。

「ほ、ほほほぉん？　本気かアダム君!?」

「はい。大真面目ですよ。この子は見た目こそ小さいですが、実力は折り紙付きです」

「しかしこんな幼い子が……確かに、抑えてはいるが、かなりの力を感じる……訳ありのようだがアダム君の言う事だ。分かった」

目を白黒させたグラーフだったが、顎を揉みながらじっとミミルを見つめ、静かに頷いた。

「よいのか？　グラーフ殿」

「あぁ。それじゃ早速試験といこうか」

「あれ、なんで冒険者になりたいのか、とかは聞かないのかの？」

「普通は聞く所なんだがな。ミミル君のさっきの一言といい、何やら訳ありのようだし、アダム君を信じているからこそ、という事にしておこう」

「あ、ありがとうございます！」

動機を色々と聞かれるかと思ってちょっとしたストーリーを考えておいた。

——異国の地ポンジャからオリヴィエに流れ着いたミミルは力のある戦士を探していた。

そして俺達と出会い、王都へとやって来た。

ミミルはポンジャにて鬼獣教の被害に遭い、家族を殺されてしまった。

家族の仇を討つため、俺達と協力してヤシャと鬼獣教を打倒せんとしている。

過去に受けたとある呪いに似た力により、体の成長は止まってしまっている——

こんな感じの涙なくしては語れない、ハートフルかつ劇的なストーリーを披露しようと思ってたんだけれど、残念ながらその機会はなさそうだった。

「それではミミル君。これから実技試験を行うが、武器は何にするかね？」

「武器、か……ふむ」

久しぶりの試験会場に着き、グラーフに促されるままミミルは並べられた様々な武器をじっくりと見る。

今までの戦闘は、主に素手でただ殴り倒す、というその可憐な見た目にそぐわない戦い方だった。

「ミミル、リリスもこれと同じ事をしたんだけど、その時は拳だったぞ」

「ほう？　ならば妾は別の方法にするとしよう」

俺ってばてっきり対抗心を燃やして拳で張り合うかと思ったのだけれど、どうやら違うらしい。

「のう、グラーフ殿、この斧でもえぇか？」

「構わないが……君の身長くらいあるぞ」

「問題ないわい」

並べられた武器の中からミミルが選んだのは斧。

手斧より大きめで、大ぶりな両刃が付いたものが二本、その小さな手にしっかりと握られていた。

「斧なんて使うのか？」

「くかか。鬼と言えば斧か金棒じゃろうて。違うかぇ？」

「俺的には棍棒《こんぼう》のイメージだな」

俺の中の鬼はゴブリンからテロメアまで幅広いのだけど、大体が棍棒を持っていた気がする。

テロメアはギガント拳が武器だからな、あれに武器を持たせたらどうなる事か。

「ふむ。ちと軽すぎるが……人の手のものはこんなもんじゃの」

「ついでにミミル、実力の十分の一程度で頼む」

「む？　あい分かった」

あーもう素直すぎぎんかこの鬼幼女！

こうも詮索せずに二つ返事でイエスしてくれるなんて……リリスみたいなわんぱく破天荒ナチュラル脳内お花畑娘みたいなのと比べると……ちょっと癒されちゃう……

「なんじゃ？　そないじぃと見つめても何も出んぞ」

「ううん、ううん、なんでもないんだよ。ミミルはそのままでいてくれ」

「はて？」

不思議そうに俺を見上げるミミルの癒し具合に、思わず頭を撫でてしまう。

頭を撫でたにもかかわらず、ミミルはにかっと満面の笑みを浮かべただけだった。

これがリリスだったらもう……

「それではミミル君。始めよう」

「あい分かった」

試験開始のブザーが鳴り、簡易ゴーレムが動き出した。

「それではミミル、推して参る！」

ザウッ！　と力強く地を蹴って飛び出していった。

ミミルは地を蹴ると同時に、両手に持っていた二本の斧をクロスさせるようにぶん投げた。

「せぇい！」

それらは車輪のように猛烈に回転しながら突き進み、鈍い破砕音《はさいおん》を響かせながら次々とゴーレムの首を砕いていった。

数体の首を砕いた戦斧はブーメランのように弧を描き、ミミルの手元へ返ってきた。

「次じゃ！」

ミミルは返ってきた戦斧をだらりと持ち、駆け抜けざまに逆袈裟《ぎゃくけさ》に切り上げ、そのまま回転をかけて滑るように次々とゴーレムを砕いていった。

そして試験開始から数分が経ち、全てのゴーレムは見事に打ち砕かれたのだった。

「それまで！　お見事だったぞミミル君！」

「ふふん。こんなものじゃて」

さすがと言うか当たり前と言うか、ミミルは少し誇らしげに胸を張った。

「お疲れ様」

「ふふん。頑張りましたわね！　けれど私は秒殺で終わらせましてよ？」

「いいんだよ。リリスには三分の一って言ったけど、それでもオーバーキルだったからミミルには十分の一でやってくれって言ったんだ」

「あら、そうでしたの」

「やっぱり十分の一程度でよかったな。人外さはかなり抑えられてた」

グラーフから、これからの色々な説明を受けているミミルを見て、俺は胸を撫で下ろした。

この後、書類を書いたりなんだりの諸々の手続きを終えれば、ミミルは晴れて冒険者となる。

A級は確定だろうし、次はリリスだな。

リリスの昇級試験は対人戦なのかな？　であれば、相手は誰になるんだろうか。

正直相手が可哀想だと思う。

「見よ主様よ！　見事A級になりもうした！」

諸々の手続きを終えたミミルが、得意げな笑顔で首に光るA級プレートをくい、と見せつけてきた。

「おめでとうミミル」

「おめでとうミミルちゃん！」

「ま、そうでなくては私が困りますわ！」

俺、モニカと素直に祝福の言葉をかけるが、リリスは素直な言葉は言わない。

これでミミルも晴れてA級冒険者、かなりの自由が利くようになる。

「グラーフさん。リリスの事なのですが」

「なんだね？」

さながら親戚のおじさんのように、微笑みながらこちらを見ているグラーフに声をかける。

そして、リリスの昇級試験の話を伝える。

「あぁ、その話か。実は少し前からリリス君を昇級させようという流れだったんだよ」

「え⁉　そうなんですか？」

「決定ではなかったから伝えないでいたんだがな。この際もういいだろう」

「そんなザックリでアバウトな感じでいいんですか……」

「構わんさ。鬼獣教の件含め、色々立て込んでいて保留になっていただけだからな」

「はぁ……」

どうせなら王都に帰ってきた時に教えてくれてもよかったのに、とは思ったけれど、リリスがS級に上がれるならなんでもいいか。

「という事でリリス君」

「はいですわ！」

「王都がストームドラゴンに襲撃された際、城壁際で食い止めてくれた功績、報告にあった鬼獣教との戦いの功績などにより君をS級に昇級としよう」

「まぁ！　ありがとうございますですわー！　これでアダム様とお揃いですわ！　オソロのネックレスですわー！」

「はは……それと、モニカ君。君もS級だ」

「ふぇ!?　私が!?」

はしゃぐリリスを横目に、グラーフが予想外のセリフを口にした。

唐突に告げられたモニカはビクリと反応し、眼球がこぼれ落ちそうなくらい目を見開いた。

「わたっ！　私なんてまだまだそんな！」

「謙遜《けんそん》はよすんだモニカ君。アダム君が提出した報告書にしっかりと、君の活躍が記されていたぞ？」

「ふぇぇぇ！　アダムさん何を書いたのよおお！」

「え？　何をって……そのままだけど」

王都に戻った俺はオリヴィエで起きた事、そして鬼獣教の司教二人をモニカが仕留めた事、ベルンに至っては完全にソロでの撃破、などなどを報告書に纏め、ギルドに提出してある。

「八司教のうち二人の撃破、これはかなりの功績なんだぞ、モニカ君」

グラーフがモニカの功績について、昇級に値するとしっかり言ってくれる。

「でも、それはリリスさんとアダムさんとワンちゃんと……」

「報告書には二人の内一人は単独での撃破と書いてあるが？」

「それは、その、そうなんですけど……」

モニカは頬を紅潮させて指をモジモジして恥ずかしがっていた。

「なんにせよ、おめでとう。これでモニカもS級。最高だな」

まだ認めきれていないモニカだが、俺は早くも祝福の言葉をかける。

「あ、ありがとう」

「妾、乗り遅れた感否めない」

「そう言うなって。ミミルもすぐS級に上がれるさ」

「むぅ」

拗ねた様子で口を尖らせるミミルを宥めていると、グラーフが困ったような笑いを浮かべた。

「どうしたんです？　グラーフさん」

「いやなに、アダム君は気軽に言うが本来S級というのはな、鶏が卵を産むみたいにそんなポンポン簡単になれるものじゃないんだぞ？　承認した俺が言うのもなんだが……」

「あはは……仰る通りで……」

「S級が三人と、S級に匹敵するであろうA級のミミル君の四人。そろそろパーティ名を決めたらどうだ？」

「パーティ名ですか……考えていませんでした」

「だろうと思ったよ」

はぁ、とグラーフが大きくため息を吐いた。

ラディウスを抜けてから今まで、パーティこそ組んでいるものの、その名前は考えていなかった。

今までの俗称は、〝アダムさん達のパーティ〟だったからな。

「待機命令が出ている今、腰をしっかり落ち着けて皆で話し合うといい」

「はぁ、そうですね」

「俺はまだ仕事があるからそろそろ行くぞ。それではまたな」

「はい。お疲れ様でした」

グラーフはそう言って、マスター室へと戻って行った。


手続きやら冒険者プレートの発行やらを終えた俺達は宿屋に戻り、早めの夕食を取っていた。

夕食と言えば聞こえはいいが、ようは飲み会。リリスとモニカの昇級祝い兼、ミミルの華々しい冒険者デビューのお祝い会だ。

テーブルには適当に頼んだ料理が並び、よく冷えたエールが各々の手に握られていた。

エールを四つ、と頼んだ際、どこからどう見ても幼女なミミルの事を尋ねられたが、俺の考えていたドラマチックなストーリーを語ると、ウェイトレスのお姉さんは涙ながらにオーダーを取ってくれた。

ミミルの首に掛かっているA級冒険者の証も、ストーリーに真実味を持たせてくれた。

人生どこでホラ話が必要になるか分からんね。

「それじゃ皆、乾杯！」

俺はシンプルに乾杯の音頭を取るが……

「あらアダム様。アダム様のご高話はございませんの？」

「アダムさんはリーダーなんだから、なんか挨拶トーク的なのすればいいのに」

リリスもモニカも、もっと長い挨拶を期待していたようだ。

「えぇ……必要か？　そういうの得意じゃないんだよ」

「ダメですわアダム様！　アダム様は森羅万象の王なのです！　下々の者に演説をする日が必ず来ますわ！　そのためにも是非ですわ！」

挨拶を求められて困っていると、リリスが食い気味にそんな事を言ってきた。

「今日はなんだか賑やかじゃの！　活気があっていいのう！　えーるとはなんじゃ？　しゅわしゅわぽこぽこしておるぞ！」

ミミルは見るもの全てが珍しいらしく、酒場の様子に夢中だ。

誰かの前で演説をする、なんて光景はとんとイメージ出来ないけれど、仲間達にそこまで言われるとまぁやってもいいか、という気分になってくるから不思議なもんだ。

「ぐぬぬ……分かった分かった！　んとそれじゃ……リリス、モニカ、S級おめでとう。そしてミミル、冒険者デビューおめでとう。これから俺達は色々な依頼をこなし、ダンジョンも攻略して名を上げていくだろう。それが冒険者の栄光だと思ってる。でも俺達と、テイムしたメルトやテロメア、ロクス、それからこれからテイムされるであろう未知の仲間達がいれば絶対に上手くいく。皆で力を合わせて頑張って行こう！　乾杯！」

「「「かんぱーーーーい！」」」

俺の掛け声と共に四つの杯がかち合い、カチン！　という小気味いい音が鳴った。

そこからしばらくは歓談し、飲み食いを楽しんだ。

モニカはミミルのお世話で、忙しくも楽しそうに笑っていた。

ナイフやフォークの使い方だったり、人間のテーブルマナーだったり、ミミルが人の場で生きるのであれば、最低限のマナーや教養、一般常識なども教えていかねばならない。

色々とぎこちない所を見ると、ミミルの外見が幼いのもあって、本当に小さな子供に思えてくる。

そんな事を思いながらチラ、とリリスの横顔を盗み見る。

ミミルのたどたどしいナイフ使いを嘲笑いながらも、その表情に敵対の意思は見られない。

リリスは基本的に心優しいドラゴンなのだ。

そんな楽しい時間を過ごし、俺はこのお祝いの会のもう一つの目的について切り出す。

「んん！　それでだ。パーティ名の事なんだけど……どうする？」

「どうする、と言われましても……ねぇ？」

「そ、そうだね！　私とリリスさん、ミミルちゃんは一応サーヴァントだしさ？　パーティ名ってすごい大事だと思うから……アダムさんが決めたら？」

「そうだな。モニカの言う事も一理ある。けど、俺は三人の事を仲間だと思ってるし、大事な友達だとも思ってる。だから俺は皆の意見が聞きたいんだ」

とか格好つけて言ったが、実際本当にそう思っているし、こういう機会がないときちんと伝えられない。

「アダム様がそう仰るのであれば……では私から【偉大なるアダム様と従者達】というのはいかがでしょう？」

「却下」

リリスは悪い意味で期待を裏切らない奴だ。

「ええ！　なぜですの⁉」

「当たり前だ。なんだ、偉大なるアダム様と従者達って。そういうのはなし」

「うーん。そしたら【お日様探検隊】は？」

「ぽかぽか楽しくたんけんだ～♪ってか？　却下だ！」

モニカらしい、モニカらしいけども。そうじゃないだろう。

「ダメかぁ」

名前が緩すぎるだろ……

「ほいじゃあのぅ……主様よ。【深き混沌の血族】なんてのはどうじゃ」

「どう聞いても悪役でしかないだろそれ⁉　却下！」

「むぅ、難しいのう」

やばい。三人の意見を聞いての正直な感想はそれだった。

他人の感性に口出しするのは良くない事だ、でも、これを通すわけにはいかないだろう。

そして、その後も酒は進み、名前の候補もだいぶ挙がってきた。

「アダムひゃあん」

「どした？　ってモニカだいぶ顔赤いぞ。大丈夫か？」

「らいじょーぶらいじょーぶ！　あたしゃまら飲むろぉー！」

「分かった分かった！　分かったから引っ付くな！」

モニカは顔を真っ赤にして、エールの入ったジョッキを握りしめながらいつの間にか俺の肩にしな垂れかかってきていた。

リリスはミミルと何やら話し込んでおり、真剣な顔つきをしている。

リリスが酒に強いのは知っているのだが、ミミルは強くないらしく、目が据わってきている。

「じゃから！　鬼族が龍族と手を結ぶわけがなかろうて！　過去の因縁を忘れたのかえ！」

「それは貴女の独断と偏見でしょう？　鬼王もアダム様と向き合えばきっと！」

「おま！　父上に主様を会わせる意味が分かっておるのか⁉」

「分かっておりますわ！　私だってウブなネンネじゃありませんのよ？」

「お主がウブなネンネじゃないのはとうに知っておるわ！　下ネタ全開の年中ドピンク娘じゃろ」

ミミルとリリスはいつの間にか向き合って座っており、怒涛の速度で会話が進んでいく。

「私はただ、愛しのアダム様への思いを全力でお伝えしているだけですわ！」

「じゃからそれがふしだらじゃと言うておるんじゃ……」

「貴女のその貧相な寸足らずでは、アダム様を誘惑するのは難しいですものねぇ」

「ほれみろ！　お主今誘惑とハッキリ言いよった！」

「あらあら？　貴女のようなお子様には刺激が強かったかしら？」

「ぐぬぬ……！　誰がお子様じゃ！　妾はこれでも百五十歳じゃ！」

「おほほほ！　百五十歳？　お子様ですわね！　私、これでも六百歳は超えているお姉さまでしてよ？　……あ」

そこまで言ったリリスは時が止まったかのように硬直した。

「リリスさん⁉」

今リリスがさらっととんでもない爆弾発言をしたと思うのだけれど、俺の聞き間違いだろうか。なんて言った？　六百歳？

モニカなんて、酔い潰れかけていたのに、お目目ひん剥いて口パクパクしてるじゃないか。

「おいリリス」

「……なんですかアダム様！」

「今お前、何歳って言った？」

「え？　あぁ、えーと……あはは……ですわー！」

リリスの視線が泳ぎまくって一向に目が合わない。

「誤魔化すな？」

「はっきり言うたらどうじゃ？　私は年増の色ボケドラゴンですーとな」

ミミルがはっきりと口にしてしまう。

「ぐっ！　この絶壁幼女……！」

「なんじゃあ！」

「なんですの！」

勢い任せに話の流れを変えようとしているんだろうけれど、とにかく気になる。

そりゃリリスはドラゴンだし、ドラゴンは長命だし、見た目の年齢と実際の年齢は人間の感覚とは全く別物だろう。それでも、六百歳？

「リリス、お前の実年齢って六百歳なのか？」

「んぐ……え、ぇえ……まぁ……」

リリスは気まずいのか、やっぱり俺と目を合わさず、テーブルの上のソーセージをフォークでつんつんしている。

見れば額にじっとりと汗をかいている。

俺と出会ってから今まで、汗の一粒すら見せた事のないリリスが、だ。

きっとその汗は冷や汗とか脂汗とか、そういう類のもんなんだろうけれど。

「こっち見て話せ」

「むぎゃ……！　あ、あああアダム様!?　近い！　近いですわ！」

そっぽを向くリリスの頬を掴み、無理矢理こちらを向かせてやった。

頬をうっすら赤らめてはいるけれど、その瞳にはうっすらと涙が浮かんでいた。

「……何泣いてるんだ」

「ど、どうしたのリリスさん⁉　お腹痛いの？」

「うう……お腹は痛くありませんわ……ありがとうモニカ。錫杖握りしめないで平気ですわ」

「そう？　痛くなったら言ってね」

「その時はお願いいたしますわ。違うんですの、いえ、違わないのですけれども……アダム様」

リリスが突然しおらしくなり、指をもじもじさせる。

「なんだ？」

「アダム様は……年上はお嫌いですか？」

「そんな事ないさ。別に責めるとかそういう事じゃなくて、純粋な興味で聞いてるだけだ。その六百歳ってのは眠りについてからもカウントされてるのか？」

年齢なんて全く気にしていない。ただ、六百年というのが、人間にとっては想像も出来ないほどの年月だから、本当なのかと気になっただけだ。

「えっと……眠りについていた期間は除いてですわ」

「なるほどな……さすがは龍族だな」

「アダム様は私の事、嫌いになりましたか？」

「なるわけないだろ……まあ、もっと早く話して欲しかったかな？」

「うえぇぇえん！　アダム様優しいですわ好きですわ愛しておりますわぁぁああ！」

目から大粒の涙をぼろぼろと零しながら、思い切り俺の胸に飛び込んで来たリリス。だが、こういう時どういう返しをすればいいのかが俺には分からないので、とりあえず背中を軽くポンポンと叩いてやった。

そうやってリリスの背中を叩きながら、自分の頬を指先で掻く。

リリスが年齢をそこまで気にしていたとは知らなかった。というか、そもそも俺はリリスの事をほとんど知らない。

「なぁリリス。今度さ、お前の事話してくれよ」

「ふぁ？」

泣き止まないリリスは、涙声のまま不思議そうに反応する。

「お前は俺の事を聞いてくるくせに、お前自身の事を話そうとしない」

「わた、私の話なんて面白いものではありませんわ」

すんすんと鼻を鳴らし俺を見上げるリリス。普段見せない表情なのでなんとも胸が苦しくなる。

「つまるつまらないとかじゃなくて、知りたいんだよ。ダメか？」

「お話ししますわ！　産まれた日から今日まで！　ありとあらゆる事をお話しいたしますわ！」

「良かった。ありがとう」

リリスは目をこすりながら自分の席に戻り、飲みかけのお酒をぐいと呷った。

「ささ！　アダム様！　湿っぽくなってしまいましたがそろそろパーティ名を決めませんこと？」

気を取り直したらしいリリスが、先ほどの話の続きを促す。

「そうだな。それじゃ今まで出た名前候補を挙げてくぞ」

色々と話しながら取っていた手元のメモを持ち上げ、ざっと目を通す。

正直な話、ロクな名前がないのだけれど、それはもうどうしようもない。

「えぇと、【それいけサーヴァン隊】。【極楽鳥】。【聖なる祈り】。【天剣の頂】。【ファントムドラゴンオーガ】。【聖龍鬼】。【撃滅ジャスティス】。【闇裂く天剣】。とまぁこんなもんだな」

ぱちぱちぱちと、ガールズ三人組から纏まりのない拍手が上がる。

「俺が個人的にいいなと思ったのは……聖龍鬼、闇裂く天剣、極楽鳥の三つかな」

「なん……です……って……!?」

発表した名前に、リリスは目を見開いて愕然とした。

「その中でも俺的には聖龍鬼がいいかな、と思う。だって三人の特徴を簡潔かつ明確に表してるだろ？」

「分かる！　かっこいいし！」

「よう気付いたな主様よ！　それこそが妾の狙い！　主様が皆で仲良うと言っておったからの！」

リリスとは対照的に嬉しそうにはしゃぐミミルとモニカ。

「ですがアダム様！　最も重要な事を忘れておりますわ！」

と、ここでまた気を取り直したらしいリリスがテーブルをバン、と叩いて立ち上がった。

「どうせアレだろ？　俺関係の文字がない。とかそんな所だろ？」

「なっ！　分かっているのでしたらなぜ！」

「話は最後まで聞けよ。そこに俺の森羅万象の王から一文字取り……聖龍鬼改め、【聖王龍鬼《せいおうりゅうき》】だ」

りと入っている。

聖女のモニカ、森羅万象の王である俺、龍族のリリス、鬼族のミミル、それぞれ一字ずつしっか
「いい！　いいですわ！」

先ほどとは打って変わって、手を合わせて嬉しそうに微笑むリリス。

「かっこいいね！」

「うむ！　実によいの！」

モニカとミミルも満面の笑みで受け入れてくれた。

「よし！　じゃあ今から俺達のパーティ名は【聖王龍鬼】だ！」

「「「いぇーい！」」」

実にいかつい名前になってしまったけれども、S級三人A級一人、実力的にガールズ三人は人外なので、これくらいいかつくても名前負けしないしいいだろう。

「よし、名前も決まった！　明日も待機しているだけだし、飲むぞー！」

「「「おーー！」」」

こうして無事に命名会議を終えた俺達は、空が明るくなるまで飲んだくれたのだった。

第六章　再会

目を覚ましたのは夕方近くであり、ギルドから伝言などはないかと念のために確認してみたけれ

ど、予想通り何もない。

ガールズ三人組はまだ部屋で寝ているみたいなので、俺は一人で一階の食堂へ行った。

昨日たらふく食べたおかげか、そこまで空腹というわけじゃないので、目覚ましがてらの軽食とコーヒーを注文。

すぐに提供された熱々のコーヒーを飲んで、目を覚ます。

「どうするかなぁ。メルトの散歩にでも行くか」

メルトはいつも厩舎の中で走り回っているし、テロメアやロクスに遊んでもらっているので運動不足やストレスなんかとは無縁だとは思う。

けれど、ケルベロスに変化する前はよく三匹を連れて散歩をしていた。

維持費がかかるからサーヴァントは三匹だけにしろと言われていたが、その分、メイ、ルクス、トリムの三匹だけに愛情を注げた。今思うと、その点については幸いなのかもしれないな。

「懐かしいな」

と、感傷に耽《ふけ》るほど日数は経っていないのだけれど……色々と忙しかったせいか、遠い昔の事に思えてしまう。

「メルトー聞こえるかー」

『『『こちらメルト！　どうぞ！』』』

俺は運ばれてきたサンドイッチを齧《かじ》りながら、厩舎で大あくびをしていたメルトに声をかけた。

「散歩、行くか？」

『『『行くー！』』』

「そうか。じゃ少し待っててくれ」

『『『はーい！』』』

そうと決まれば、残りのサンドイッチを頬張り、コーヒーで流し込んでお会計。

宿屋の受付の人にリリス達への伝言を残し、最低限の荷物だけ持って宿屋を出た。

外は綺麗な黄昏時《たそがれどき》で、真っ赤な夕日がゆっくりと沈んでいく所だ。

親子連れや冒険者、学生などによる喧騒を聞きながら、雑踏をのんびりと歩く。

最近はこうやって一人でのんびり出歩く、なんて事がなかったから、少し新鮮だ。

ラディウスにいた頃は、よく一人で買い出しに行かされたっけなぁ。

回復薬を買ってこいだのなんだのと、雑用ばっかりだったけど。

あまり良くない思い出に浸っていると、あの男の顔が思い浮かんだ。

「元気にやってるかなぁ、バルザック」

沈む夕日の真ん中に、キリッと決め顔をしているバルザックの顔が浮かぶ。

南の大陸に行ったらしいけど、鬼獣教関係は大丈夫だったろうか。

まぁストームドラゴンでもない限り、アイツがそう簡単にやられる事はないと思うけれど。

一時的とは言え、俺のサーヴァントになって、アイツも相当ステータスが上がってるからな。

憶測でしかないけれど、今のバルザックはあの〝剣姫《けんき》〟スウィフトと同格か、それ以上になっているんじゃあないかな。

アイツが鬼獣教の司教二、三人ぶち倒してくれたらいいなぁとか、ちょっと考えてみる。

「ま、そんな好都合な話ないだろうけど」

各所への襲撃は司教達が先陣を切っており、その対応はS級の冒険者やそれに並ぶ実力の持ち主でなければ不可能だと言う。

そして鬼獣教徒達は、そういった実力者がいないタイミングを狙って襲撃したらしい。

世界はヤシャという伝説の魔獣の恐怖に染まりつつある。

王都が襲われる可能性は少ないと思われるが、ゼロではない。そうなってしまった時のための待機命令なのだとか。

しかし、王都は復興作業の只中、攻め込んでくるのはやめていただきたい所だ。

と、そんな事を考えて歩いていたら河川敷に到着した。

川の水面が夕日に照らされて、キラキラと輝いているのがとても綺麗だ。

「よし、出ていいぞメルト」

『『わーーい！』』

厩舎を開けると、尻尾を猛烈に振り回しながら、メルトが飛び出てきた。

『わ！　この川！』

『来た事ある気がする！』

『久しぶりだねー！』

外に出るなりぺちゃくちゃと喋り出すメルトは、俺の周りをぐるぐると跳ね回っていて実に嬉しそうだった。

メルトはご覧のように陽気な犬っころなのだが、赤の他人が初めてメルト――というよりケルベロスを見ると、やはり驚きと戸惑いを抱くわけで、ちらほらいる人々の視線が集中しているのが分かる。

そこで、俺はたっぷりあった暇な時間を使って買っておいた、秘密道具を取り出した。

「メルト、おすわり」

『『はーい』』

取り出したのは特注の超巨大なハーネスと、ぶっといリード。

「よし、これでどこからどう見ても飼いケルベロスにしか見えないな！」

ケルベロスがいるという事自体は何も変わっていないが……こうして飼い主がしっかりと操れていると見せる事で、見た人も不安にならずに済むだろう。

『なつかしー！』

『僕達がこういうの使ってた時って』

『まだ別々の時だったもんねー！』

「うんうん。喜んでくれてよかったよ」

千切れんばかりに尻尾を振っていたメルトが、ふいに上流の方を見て固まった。

「どうした？」

『誰か来るよー？』

メルトの視線の先から、夫婦とその娘といった雰囲気の三人がゆっくりとこちらへ歩いてくるのが見えた。

歳の頃は二十代後半か三十台前半と思われる男女と、五歳くらいの可愛らしい服を着た少女。

少女は満面の笑みを浮かべていて、大人の二人も微笑みを浮かべて近づいてくる。

「あの」

「はい？」

「アダム、さんかしら？」

数メートル離れた所から、女性が少女の手を取ったまま話しかけてきた。

向こうは俺を知っているようだけど、俺にはさっぱり覚えがなかった。

「はい……どちらさまで？」

メルトを見ると尻尾を振り回して警戒している様子はないので、悪意があるわけじゃあなさそうだ。

「やっぱり！　ほら貴方！　何モジモジしてるのよ！」

「あ、あぁ。いや、どうもこの姿には慣れんでな……王の御前で失礼な装いではないだろうかと」

夫婦と思《おぼ》しき二人は、俺がアダムだと分かると途端にテンションが上がった。

「あだむさまー」

少女の口からあだむさまと出てきた事といい、俺が王という事を知っている……？

「お久しぶりでございます。王よ」

「いつぞやは娘と夫がお世話になりました」

「あだむさまー！　お元気ー？」

三人は口々に挨拶をしてくる。

「え、えとあの……状況が読めないのですが……いつぞやとは……？」

「分かりませんかな？」

夫はそう言って怪しい笑みを浮かべると、つい、と片腕を俺の前に出した。

すると、腕の皮膚がみるみるうちに、見覚えのあるドラゴンの鱗に変わっていった。

「ま！　まさか！　ストームドラゴン!?」

「その通りです」

パパドラゴンは腕を人間のものに戻し、そして素早く膝をついた。

それに合わせて奥さん――ママドラゴンも膝をついた。

「ちょ！　やめてください！　変な目で見られますから立って立って！」

「「は！」」

俺は焦って二人を立ち上がらせる。傍から見たらケルベロスを散歩中の男に、親子連れが跪く異様な光景だ。

「それに、そんなに畏まった口調じゃなかったような……」

「えーと、改めて王に会うとなると緊張してしまいまして……いつも通りというわけにはいかないのです」

あれだけの強者が緊張するって、俺、相当凄いんだな。

「なるほどな。いつも通りでいいからな。それにしても、どうして王都へ？」

「はい。少し異変を感じ取ったもので……差し出がましいようではありますが、王の耳に入れておきたく参上した次第でございます」

「まさか人間の姿に変身してわざわざ王都まで……って、え？　異変だって？」

「はい。実は数日前よりこの王都周辺の魔力が異常なほど上昇しているのです」

パパドラゴンは立ち上がるなり、神妙な顔をして言った。

「どういう事だ？」

「いえ、原因は分かりません。分かりませんが、何やら邪な気配を感じます」

「パパの感じる邪な気配……まさかな」

「その、王よ」

「ん？」

「そろそろパパと呼ぶのはやめていただきたく……」

微妙な顔をし、頬を掻くパパドラゴン。そう言えば名前聞いてなかったよな。

「あぁ、すまん、そう言えば、名前をまだ聞いてなかったよな」

「我の名前はエスクード。そして家内がヴィエルジュ、娘はラシャスと申します。名乗りが遅れ申し訳ございません」

エスクードが貴族のような礼をし、ヴィエルジュとラシャスがそれに続いた。

「エスクード、ヴィエルジュ、ラシャスか。よろしくな。それと別に全然気にしてないから大丈夫だよ」

「寛大な御心に感謝を」

「感謝されるほどでもないんだけどな……はは」

名前を聞かなかった俺のミスでもあるしな……しかし、三人ともかなりの美形だ。

エスクードは眼光鋭いイケオジって感じだし、ヴィエルジュは切れ長の瞳のクール系美女、ラシャスは幼さも相まってか天使のような可愛らしさだ。

ドラゴンは人型になると美形にしかならんのか？　羨ましい……

「あだむさま！　生き返らせてくれてありがとうございます！　わたし、必ずお嫁に行きます！」

ラシャスが突然俺の袖を引っ張ってそんな事を言い出した。

「ぶふっ！　ちょ、ちょっとエスクード！　俺断ったよな!?」

焦ってエスクードの方に視線を送るも、なぜか柔らかい微笑みを浮かべている。

「うむ。そのためにしっかり学び、強くなるのだぞ」

「はい、ぱぱ！」

「あらあらまぁ、ラシャスったらすっかりお嫁さん気分ねぇ」

このドラゴン達全然聞いてない……だけどまぁ、ドラゴンが成体になるにはかなり時間がかかるらしいし、今すぐといったわけでもない。

もしかしたらエスクードの気分だって変わるかもしれない。

気持ちというのは変わるものだからな。それは長寿のドラゴンとて同じ事だろう……多分。

「では、我々はこれにて……」

「え!? もう行っちゃうのか!?」

「え？　はい。お伝えする事はお伝えしたのでこのまま王都の観光でもしようかと」

本当に異変を俺に伝えたかっただけみたいだ。

「観光って……エスクードがぶち壊した所、まだ復興中なんだけど……」

「それはそれ、これはこれでございます。我が爪痕を娘にも見せておきたいので」

「ソウデスカ……」

こういう所が人間と違うのだが……まぁ、仕方ないよな。

「それに人型で町に来るのは久しぶりですので、娘にも、人間とはどのような存在かというのを見せておきたいのですよ」

「なるほど……出来れば人と仲良く出来る教育を頼むよ」

「善処いたします。では、これで」

エスクードはそう言って深くお辞儀をし、ラシャスを肩に乗せてヴィエルジュと手を繋いで楽しそうに去って行った。

まぁ、エスクードが王都を襲撃した原因は、闇ギルドの奴らのせいだしな。

その闇ギルドのマスターであったミヤは、憤怒のモニカに達磨《だるま》状態になるまで痛めつけられて、今は監獄に収容されている。

「さて、メルト。散歩の続きだ」

『『はーい！』』

エスクードと話している間、大人しく伏せをして待っていてくれたメルトのリードを引き、のんびりと歩き出す。

メルトの気の向くまま川沿いを歩いていると、あっという間に日は暮れてしまい、河川敷を行き交う人の姿もほとんどない。

街灯もほとんどないので、辺りは真っ暗なのだが……

「ん？」

帰り道をのんびり歩いていると、川から人らしき影が這い上がって来たのが見えた。

機敏な動きではなく、どちらかと言うと弱っているような……

「あの、大丈夫ですか？」

「……か……あ、君は……」

声をかけると、その人物は呻き声を上げてよろよろと地面に膝をついた。

微かに聞き取れた声からすると、恐らくは女性だろう。

「たす……け……」

そしてそのまま、俺にもたれかかるようにして意識を失ってしまった。

「メルト。少し早いけど厩舎に入れ。俺はこの人を医者に連れてく」

『『はいさー！』』

倒れた女性は水浸しで、呼吸も浅い。

メルトが厩舎に入ったのを確認すると、俺は女性を背負って一番近い治療院へと急いだ。

「はい。それではよろしくお願いします。何かあれば冒険者ギルドへお願いします」

女性を医者に預けると、色々と話を聞かれた。

突然水浸しの女性を背負った人物が飛び込んできたとなれば、いくら治療院でも軽くざわつく。

医者に預けるまでは背負っていたし、女性の顔は薄暗さもあり、はっきりと見えなかった。

だからこそ、俺は女性を背から下ろした時にかなり驚いた。

「一体、何があったんだよ……」

治療院から出た俺は、軽い焦燥感と共に宿屋へと急いだ。

俺が助けた女性、いや、少女は、俺とモニカ、バルザックらと共にパーティを組んだかつての仲間であり、俺を捨て駒にした時の決定打でもある【エクスプロード】の魔法が込められた魔晶石を作った憎い相手。ただ、怒り暴れるストームドラゴンに果敢に立ち向かった——若くして大魔導士の名を持つ超天才魔法使い、リンだった。

リンは現在A級冒険者として活動しているはずだった。

しかし、先ほど治療院で見たリンの顔はひどく血色が悪く、戦闘のせいか衣服もかなりぼろぼろ。

しかも体中に無数の裂傷が見られた。

幸い傷はそこまで深くはなかったようだが、出血をした状態で川に流されていたのだ。

恐らく血液の量が足りない、と医者は言っていた。

そして傷口から雑菌が入り、感染症を引き起こす可能性もあるそうだ。

リンの事だ、きっと川に落ちる前に、自分で得意ではない治癒魔法を使っただろう。

しかし、それも間に合わず川へ落下、流されたのか自力で辿り着いたのかは不明だが、辿り着いた先に偶然俺がいた。

「くそ……！」

かつて裏切られた時の恐怖が脳裏を過ぎり、掌に勢いよく拳を当てた。

今でこそ怖くはないが、死を全身で感じたあの時の事は絶対に忘れないし、忘れられない。

憎んでいるか、恨んでいるかと聞かれても、そのどちらでもないというのが今の正直な気持ちだ。

きちんと謝罪もしてくれたし、お互いに関わらないという事で一応の解決にはなった。

先ほど見た瀕死《ひんし》のリンの顔が浮かぶ。

一度は俺を殺そうとしたはずのリンだったが、俺の心はざわついていた。

「一体何があったんだ……」

宿屋へと向かう道を早足で歩きながらそう呟いた。

詳しい事はリンが目を覚まさないと分かりようもないが、このままでは目を覚ますかどうかも怪しい。

早く宿屋に戻って助っ人を連れて来なければ。

「そんなに急いでどちらへ行こうとしているのです？」

足早に歩いていると、進行方向から聞き慣れた声が聞こえた。

「あ……リリス」

「私もいるよ」

「無論、妾もじゃな」

「モニカとミミル！　三人ともどうしてここに」

宿屋で寝ているとばかり思っていたガールズ三人がそこにいた。

助っ人で治療院へ連れて行こうと思っていたモニカがいるのは都合がいい。

「どうしてここにいるのか、って思ってるでしょ？」

「そりゃあ、なあ」

三人は実に得意げな顔をしているが、俺としては全く分からない。

「くっくっく、それはじゃなぁ……」

「愛の力ですわ！　私のアダム様センサーは髪の毛一本たりとも見逃しませんわ！」

「ごめん、何言ってるか分からないから、少し黙れアホ」

「アッホウ！　い、いつにもまして辛辣ですわね……」

地面に崩れ落ち、女の子座りでサメザメと泣くふりをするリリスは置いておいて、行く先も告げていないのに俺がここを通る事は分からないはずだ。

「あのね、実は私達、ずっとアダムさんの事見てたんだ……よね」

「へ？」

そこでモニカが少し俯いて、頬を人差し指でぽりぽりしながら言った。

ずっと、とは？

「うむ。それはトカゲ——リリスが言い出した事なんじゃがな。普段妾達には見せぬような笑顔で犬っころと戯れておったのぅ……あぁ、眼福じゃった」

ミミルはミミルで唇から牙を覗かせつつ、恍惚とした表情。

俺がメルトと昔のように純真な心で走り、河川敷の草っぱらを転げ回っていたあのシーンを丸々見られていた……？

「えっと……？　い、いつから？」

「えっとね。最初リリスさんが、アダム様の匂いが遠ざかって行きますわ!?　って騒ぎ出してさ。それで急いで支度して一階に下りたら受付の人からアダムさんの伝言を聞いて——」

「あとはリリスが犬っころのようにフンフン鼻を鳴らして後を追い、河川敷にいる主様を見つけた。そこからは気付かれぬようこっそりじっくりと、見守っておったのじゃ」

そう言って微笑むミミル。

「じっくりって……全然気付かなかったよ。いるならいるって教えてくれればよかったのに」

「それはいかん」

「なんで？」

「男という生物は女という生物がいない時にこそ、普段は見せぬ一面を覗かせるものじゃ。と、これはリリスの受売りなんじゃがの」

ミミルはおどけたように最後につけ加え、リリスはそれにどこか誇らしそうな反応を見せる。

「私はその、ラディウスにいた頃たまーに見てたから懐かしいなぁって思ってたよ。た、たまーにだからね!?　いつも見てたわけじゃないんだからね!?　勘違いしないでよね!?」

「あ、あぁ」

モニカの急なツンデレ化に戸惑いつつも、俺の黙れという一言にずっと口をつぐんでいたリリスを見た。

目が合った瞬間、口をパクパクして、目をキラキラ輝かせ始めたリリス。

「喋っていいぞ」

「やった！　という事ですのでアダム様の一切合切私の脳内メモリーにバッチリと刻み付けましたわ！」

許可した途端、もの凄い勢いで喋るなこいつ。

「そうかいそうかい。まったく……まぁいい。それでモニカ」

「なぁに？」

「見ていたと思うが、俺の背負っていた人な。リンだった」

「え!?　リンさんだったの!?」

「実は――」

俺は治療院で医者から言われた事をそのまま伝え、モニカにも治療を手伝って欲しい、と告げた。

「分かった！　そうと決まれば急がなくちゃ！　ダッシュだよ！」

「あぁ！　分かった！」

モニカは二つ返事で首を縦に振り、治療院へと勢いよく駆け出す。俺達も急いでついていった。

「遅くに申し訳ございません！　こちらに重傷の冒険者さんがいると聞いて来ました！」

モニカは治療院に着くなり、扉をどんどんと叩いて声を上げた。

今は時間外だし、受付もしていないので扉は閉じられていた。

「お願いします！　聖女モニカと申します！　先ほど運び込まれた方は私のかつての仲間なのです！　お願いします！」

声を上げているうちにリンへの心配が大きくなったのか、モニカは少し涙ぐんでいた。

少しして、かちゃりと扉が開かれた。

「モニカ様……？」

開いた扉から顔を覗かせたのは、二十代半ばほどの女性で、治療院助手のローブを身に着けていた。

「はい！　私がモニカです！　冒険者の証もここにあります！」

モニカは首元に下がっているS級冒険者のプレートをぐい、と女性に見せた。

「おお、これはこれは。本当にモニカ様じゃありませんか。その節はどうもお世話になりました」

その女性の奥から、初老の男性が顔を覗かせた。

「先ほどの方ですな？　まさか聖女様とお知り合いだったとは」

「グレア院長先生!?　あ、そうか、ここはグレア先生の院なのですね？」

「あの時――ドラゴンが襲来した時は、仮設テントの中の治療で大忙しで大した挨拶も出来ずに――」

「いいんです！　それよりリンさんはどこでしょうか！」

この先生がモニカと顔見知りなのは驚いた。

モニカは少し長くなりそうなグレアの話をぶち切り、半ば強引に治療院の中に入って行った。

「彼奴、大人しそうに見えて強引な所もあるんじゃのう」

そんなモニカの様子が意外だったのか、ミミルが呟く。

「リンは一応昔の仲間だからな。血相変えるのも無理はないだろう」

「ほう？　そんなものかの」

「しかし私は納得がいきませんわ？　なぜ愛しのアダム様を陥れた女を助けなければならないのです」

「まぁまぁ、そう言うなよ……」

文句を垂れるリリスをとりあえず宥め、俺は二人を連れてモニカの後を追った。

中に入ると、モニカはリンのベッドの脇に立ち、渋い顔をしていた。

「どうした？」

「アダムさん。リンさんには強い呪いが掛けられてるみたい」

「呪い？」

「うん。対象の魔力を強制的に吸い出して霧散させる呪い」

「魔力が尽きるまでか？」

「ううん」

モニカは首を力なくふるふると横に振った。

「ぎりぎり残る程度でその効力は止まるけど、時間経過で魔力が回復すると、また呪いが作用して……」

「なるほど……魔法使いにとって魔力切れは致命的……瀕死をキープ、生殺しって奴か……とりあえず、呪いの件は後でどうにかするとして、モニカ。リンを治せるか？」

「うん。それは大丈夫だよ」

リンは青白い顔のまま意識も戻っていないが、呼吸はきちんと出来ているようで、薄い胸がゆっくりと上下していた。

「それじゃあ治療を始めるね」

「あぁ。頼んだ」

モニカは静かに詠唱を始め、空中にキラキラと光の粒が浮かび上がる。

隣で見ていた助手の女性と院長はほぉ、と気の抜けた声とため息を漏らした。

モニカの髪はせせらぎのように柔らかく波打ち、煌めく光の粒はリンを中心に緩やかに渦を巻き始めた。

「【命力回帰《エクストラリジェネレイト》《上式》】」

渦を巻いていた光の粒が一層輝きを放ち、勢いよくリンの体に吸い込まれていった。

リンの体はビクン、と一瞬激しく跳ねたが、全ての光の粒が体に入り込むと、先ほどまで死体のように青い顔をしていたリンの顔がみるみるうちに健康的な色へと変わっていく。無数にあった傷も完全に塞がった。

「ふう。これでとりあえずは大丈夫だよ」

「「す、凄い！　さすが聖女様だ！」」

特に疲れた様子もなく一息ついたモニカだが、見守っていた女性と院長は大興奮していた。

【命力回帰】、対象者の命の灯に力を与え、肉体の再生力を大幅に向上させる治癒術の一つ。

モニカが行使したのはその上位版。あらゆる傷や毒を瞬時に治し、切断された部位も綺麗に繋ぎ直してしまう。

「凄い……聖女様！　先ほどは疑いの目を向け、誠に申し訳ございません！」

「だ、大丈夫ですよ。そんなに謝らないでください」

助手の女性は猛省して深々と頭を下げるが、モニカはその肩に優しく手を置いた。

「モニカ、呪いの方はどうだ？　解呪可能か？」

「あったりまえだよ！　リンさんをこんな目に遭わせるなんて許せない！　ふんす！」

【命力回帰】では、既にかけられた呪いは治しようがなく、別で解呪を行わなければならない。

「リンさん。貴女にかけられてる呪い、すぐに解いてみせるからね。もう少し頑張ってね」

モニカはそう言って、穏やかな寝息を立てているリンの頬を掌でそっと包み込んだ。

その目は慈愛に満ちつつも、激しい怒りを奥底に秘めていた。

「戒めと制約、不吉なる負の言の葉、一つ二つ、綻び緩め――」

一言一句、噛み締めるように紡がれる言葉。

詠唱に合わせて、リンの体から赤黒い霧のようなもやがゆっくりと染み出してくる。

ゆっくりと言葉を紡ぎ、時折、錫杖をシャラン、と鳴らした。

「う……ぐぅ……！」

リンは度々苦しそうな呻き声を発して身を捩《よじ》る。

まるで呪いがモニカの言葉に抵抗しているかのように見える。

「悪辣なる外法、ここに浄了の理とせん！【邪呪崩浄《じゃじゅほうじょう》】」

「がっ！　ごほっがは……！」

リンの体がびくりと跳ねると、小さな口が大きく開かれて、その中から一際濃いもやが出ていった。

「お疲れさん」

「ちょっと呪いが強くて手こずっちゃった。私もまだまだだね」

「何言ってんだ。そんな事ないさ」

「ありがとう。アダムさん」

こうしてリンの解呪が終わり、後はリンが目を覚ますのを待つだけとなった。

リンの解呪が終わって数時間が経った。

俺達は院長の厚意もあって、治療院の応接間で軽く食事を取らせてもらった。思い思いに休んでいた所、突然扉が開く。

「皆さん！　リンさんが目を覚ましました！」

「本当ですか！」

吉報を受けた俺とモニカは早速リンの病室へ向かった。リリスとミミルは外で待機だ。

「リン！　大丈夫か！」

「え……!?　アダム……？　それにモニカ。なんでここに」

「河川敷で意識を失った君を、ここに担いで来たのが彼なんだよ」

「そ、そう……」

目を覚ましたばかりで、状況を飲み込めていない様子のリンに、院長が助け船を出してくれた。続けて、ここに来てから回復するまでの詳細を院長から聞いたリンは、俺達の方に向き直って深々と頭を下げた。

「ありがとうアダム。こんな私なんかのために」

「別にいいよ。あのまま死なれたら寝覚めが悪いだけだし」

「そう……私は、助かったんだね……ありがとうモニカ。君のおかげ」

リンは助かったというのに浮かない顔をしていた。

「何があった？」

「呪いは誰に掛けられたの？」

俺とモニカの問いに、リンは言葉を選ぶようにゆっくりと話し出した。

「私が今所属しているパーティは、国軍と一緒に西側の国境沿いを警備していた」

「国軍と……？」

「そう。リーダーが割のいい仕事をもらってきたと言っていた。リーダーは元軍人だから、そういう伝手《つて》でもあったんだと思う。仕事は一週間ほど、軍の補佐に当たるというもの。付近のモンスターを狩ったり、薬草の現地調達などね、色々。で、私達が仕事に就いたのが三日前の事。そして昨日、突然異変が起きたの」

「異変？」

「西側の、私達がいた国境の砦付近に十数体の屍霊鬼《グール》が突然出現したの」

「屍霊鬼《グール》だと……？」

屍霊鬼《グール》、アンデッドの一種で死体を媒介して産まれるモンスター。中々の強敵だ。

一番厄介なのは屍霊鬼《グール》に殺された者は呪われ、新たな屍霊鬼《グール》として復活するという事。

「そう。屍霊鬼《グール》と呼ばれる中位のアンデッド。でも、それは私達や軍がなんとか処理出来た。念のために距離的に最も近い北側の軍に確認を取ってみた所――」

「北側にも同じように？」

「そう。それで西側と北側で協力して付近を捜索したんだけど……結局どこから来たのかとか、何も分からずじまい。そして……惨劇が起きた」

「……まさかとは思うが、鬼獣教か？」

俺が聞くと、リンはこくりと小さく頷いた。

「相当数の屍霊鬼《グール》がどこからともなく現れて、少しずつ少しずつ増えていった、西側はもちろん戦った。最初は優勢だったんだよ？　でも、痛みも疲れも恐怖も感じないアンデッドの集団に段々と押され始めたの」

リンはそこで一度言葉を切り、自分の両腕をぎゅっと握りしめた。

その小さな体は細かく震えており、その時の惨状と恐怖を思い出しているのだろう。

「リンさん、落ち着いて」

「う、うん……大丈夫……」

モニカがそっとリンを抱きしめると落ち着いたのか、再び口を開いた。

「屍霊鬼《グール》の群れの後に、鬼獣教徒達が現れて……最後にそいつは現れた。鬼獣教八司教の一人ミストラル」

「やっぱり来たか……！」

「ミストラル、そいつがリンさんに呪いを掛けたのね！　許せない！」

「あいつは、強い。私がされるがままだった。多分、というかほぼ確実に西側の国境に配置されてた軍は全滅、してると思う」

「だろうな……でも、リンは逃げて、俺達はそれを知る事が出来たんだ。ありがとう」

リンは唇をぎゅっと噛み締めて目を伏せていた。

全滅、つまりはリンの仲間達も殺された、という事だろう。

「話してくれて、生き残ってくれてありがとう」

「アダムにお礼を言われると、優しくされると自分が情けなくなる」

「どうしてだ？」

「その……」

リンは再び視線を泳がせたが、一度瞼を閉じて深呼吸をした後に、ぽつぽつと話し出した。

「私は……アダムもモニカも知ってると思うけど、ラディウスが初めてのパーティだった。国立魔導学院を卒業して、卒業生の半分以上が研究などに没頭する中で、私は冒険者の道を選んだ」

「懐かしいな。リンは国立魔導学院に史上最年少で入学、そして飛び級の首席合格、だったよな」

俺はリンをラディウスに迎え入れた当時の事を思い出しながら、改めてリンの凄さを認識する。

「そう。正直あの頃は調子に乗っていた。周りの人間が愚かに見えて……心の中では馬鹿にして蔑《さげす》んでいたよ。どうしてそんな事も出来ないのか、私が出来る事がなぜ出来ないのか、ってね」

「あぁ、初めて会った時のリンの顔、すっげー怖かったもんなぁ。鋭い剣みたいなさ？」

「う……うるさい……」

リンとは短くない間、ラディウスで一緒に過ごしたが、こんなにしおらしく素直な所は初めて見た。

悪戯を怒られた少女のようで、年相応な表情にも感じる。

「でも今はなんというか、トゲがなくなったというか、雰囲気も丸くなったな」

「うん……それで、バルザックからスカウトされてラディウスに入って、色々なダンジョンとか、ハイクラスなクエストとかをいっぱいやって、私は強い、私は凄いってさらに……調子に乗った。正直アダムの事も見下してた。ごめん」

リンはベッドシーツをキュッと握り、申し訳なさそうに俯いた。

「それは知ってたよ」

「ホント、ごめん。こ、ここからが本題なんだけど。ラディウスを抜けてから私はしばらく一人でいて、魔法の研究とかもやってたの。でも、資金がなくなって、ギルドから紹介してもらったとあるパーティに入ったんだ。それからは色々なパーティを転々とした。なんでか分かる？」

「いや……」

ここまで素直に謝罪されると、過去のリンと違いすぎて逆に戸惑ってしまう。

「原因はアダム」

俯いたまま、リンは言った。

「俺？」

「そう。色々なパーティを回って、もちろんテイマーがいたパーティもあったよ。気のいい人達だった。でも、違った」

「違った？」

「そう。アダムがいなくなって、ラディウスが解散して、一人になって、それから沢山の人と触れ合って、実感したの。アダムは凄い人だったんだなって」

「え、リンが人を褒めた……？」

「……冷やかさないで。真面目な話、してる」

睨まれてしまった。

「ごめんて」

「うん、いい。それでね。色々なパーティを回ったのは、アダムみたいな凄い人がいなかったから。私が思うにアダムは万能だ。素材管理とか宿の手配とかそういう裏方仕事もそうだし、ダンジョン探索やクエストでのバックアップ、敵の誘導やらなんやら、全てにおいてアダムを超える人はいなかった」

遅くはあるが、当時の努力がやっと認められたように思えて、嬉しくもある。

「他のテイマーの実力不足が不満だったってのか？」

「違う。不満だったんじゃなくて、その事に気付けなかった私の思慮の浅さとか経験の浅さとか不甲斐なさとか、そういう色んなのを痛感して、自分自身がいたたまれなくて」

人には何が重く響くか分からないが、リンにはその経験は相当重かったのだろうと分かる。

「お前プライドくっそ高いもんな」

「……否定はしない。だからこそ、アダムは凄いという事実を否定したくてパーティを転々とした」

からかってみるものの、しおらしすぎてなんだか悪い事をした気分だ。

「お前な……」

「でも待っていたのは、私が否定したいという気持ちを否定する事ばかりだった。おまけにアダムのしていた事を私がやってみたら凄いとかさすがとか、褒め言葉が飛んでくる。惨めだった。散々見下して馬鹿にして蔑んでいた頼りがいのない頭の悪そうなぱっとしない地味な雑用男の――」

「おい平然と悪口を並べるな」

歯に衣着《きぬ》せぬ物言いはどうやら健在なようで安心したが、少し言いすぎだぞお前。

「ごめん、度が過ぎた。謝罪する。だから、アダムに優しくされたりお礼を言われると、さ」

「なるほどな？　俺の事をそこまで高評価していただいてありがとうよ。この際だから言っとくが、お前のそのクソみたいに高いプライドは、いつか命取りになるぞ」

「うん、そうだね……私は他よりちょっと魔法が出来る程度の小娘、それはもう自覚している。私の魔法はＳ級だけど他が足らないと、ギルドマスターにも言われた。言われた当時は、黙れゴミカスハゲ、と思ったけど今ならその意味が分かる」

リンはフッと自嘲気味に笑った。

「本当に口悪いな……」

「それも直そうとしている。努力は認めるべき」

「そうだな。俺の知っているリンと今のリンはかなり違う。見直したよ」

「ふふ。ありがとう」

そう言ってリンは少しだけ、口角を上げて微笑んでくれた。

ラディウスにいた頃から、表情の変化や感情の起伏が乏しい子で、何を考えているのか全く分からない子だった。

けど、今こうして微笑んでくれているという事の意味。

確かにリンは、彼女なりに自分を変えようと努力して、変わりつつあるのだろう。

ラディウスの解散は彼女が変わる転機になったのだ。

「アダムさん。リンさんの話にあった西と北、どうしよう」

ついリンのこれまでの話になってしまったが、今最も気にするべき話題へとモニカが戻してくれた。

「そうだな……リンが逃げてから数時間は経過してる。西と北の国境線は王都からはかなり遠いから今すぐ屍霊鬼《グール》達がここに攻めてくるわけじゃない。俺は冒険者ギルドに行って説明してくる。モニカは衛兵の詰所に行って、リンから聞いた事を伝えてくれ」

俺は自分達が今すべき事を考え、モニカに指示を出す。

「うん。分かった。あとね、気になったんだけどさ。バーニア卿が話していたヤシャの伝承覚えてる？」

「伝承……？　ある程度は……」

「伝承の中にヤシャは食らった人の屍に仮初の命を与え、ゾンビにして使役するって話あったでしょ？」

「あぁ、あったな。それがどうし——まさか！」

「うん。屍霊鬼《グール》ってアンデッドだけど一応ゾンビ、だよね」

「なるほどな……伝承の実態は、殺した者を屍霊鬼《グール》へ転化させるって事か。確かに鬼がつくもんな」

考えたくはないが、リンの言った通り全滅しているのなら、西側にいた兵士達と冒険者は全員屍霊鬼《グール》に成り果てているだろう。

「リンさん。まだ動いちゃダメだからね？　安静にしてて」

さすが多くの人を治療してきたモニカだ。きっとすぐに戦場に向かいたいであろうリンに釘を刺すのも忘れない。

「分かった。今の私が出向いても足手まといになるのは自覚している。でも気をつけて、あの司教ミストラル、相当強いよ。私が手も足も出ず、一方的にやられてしまった」

「大丈夫だ。けど、気をつけるよ、ありがとう」

俺とモニカは病室を後にし、治療院を出た。

モニカと別れた俺は外に待たせていたリリスとミミルを連れ、ギルドへと走った。

第七章　暗黒塔

「すみません！　急報です！」

ギルドに着いた俺達はそのまま扉を開けて中に飛び込み、受付へと食らいついた。

「あ、アダムさん!?　どうしたんですか？　こんな時間に血相変えて」

こんな深夜に利用する事は初めてだったのだが、受付には偶然にもシムスがいた。

冒険者ギルドが昼夜問わず営業しているのは知っていたが、あと数時間で日が昇るというのにギルドのホールには案外人が集まっていた。

「シムスさん。西と北の国境線に鬼獣教が現れたそうです」

「なんですって⁉」

目を見開いて驚くシムスに、リンから聞いた事の詳細を全て伝えた。

そして話を終えた直後、真夜中の王都に緊急を知らせるサイレンがけたたましく鳴り響いた。

どうやら、早くも屍霊鬼《グール》達が王都へと迫ってきているようだ。

「……ストームドラゴンの襲来に続き、鬼獣教の登場とはね。本当についてないわ」

苦虫を噛み潰したような顔でシムスがそう嘆く。

「奴らの狙いは分かりません。ですが、恐らく奴らはヤシャに利用されていると思われます」

「そうね。ちょっと待ってて。マスターに連絡してみるから」

「その必要はないぞ！　シムス！」

シムスが席から立ち上がろうとした時、ホールにある階段の上からグラーフの声が聞こえた。

「グラーフさん！」

「あのサイレンで起きない馬鹿はおらんだろう。それでアダム君、何があった？」

「はい。実は――」

けたたましく鳴り続けるサイレンの音に狼狽している冒険者達を尻目に、シムスは可愛らしいナイトキャップを握りしめたグラーフに俺の話を伝えた。

「屍霊鬼《グール》を引き連れて本丸のご来訪とは……ふん。ストームドラゴンといいヤシャといい、王都は人気な場所だな」

グラーフはわざと明るい声でそう言う。恐らく、緊迫した空気を彼なりに和らげようとしているのだろう。

「冗談言ってる場合ですか」

「シムス、急いで魔導士協会へ連絡。他の職員は居場所が分かっている冒険者全てと職員全てに緊急招集をかけろ。一秒も無駄にするな！」

「はい！」

グラーフから指示を受けたシムスを含む職員が、一斉に仕事にとりかかった。

「グラーフさん、俺達は」

「これから冒険者ギルドは王国軍と連携を取り、事にあたるつもりだ。とりあえず現地の確認のため、こちらから移動に秀でた偵察部隊を送る」

「そうですか。あの、俺達以外のS級の方達は？」

「各々の拠点で待機命令を出していたが、そのうち現れるだろう」

「分かりました。そうだ！　グラーフさん！　あの、こんな時にって思われるかもしれないんですけど……俺達のパーティ名が決まりまして」

絶対に今ではないと思いつつも、伝えるくらいならいいかと俺はパーティ名の事をグラーフに言ってみた。

「ほう！　シムス！　アダム君のパーティ名が決まったそうだ！　書類を用意してくれ！　俺は裏で関係各所と情報交換に当たる」

まさかの手続きを今する事になるとは……

「えぇ!?　今ですか!?　分かりましたよぉ！」

シムスさん、空気を読まずにすみません。

そしてシムスから出された申請書に人数と結成日、パーティ名の聖王龍鬼と記入し、用紙を返した。

「はい。ありがとうございます。聖王龍鬼ですね、随分いかつい名前になったのね」

「あはは、名前負けしないように頑張ります」

シムスは書類を持って纏めると、魔導士協会に連絡を取るためか奥へと入っていった。

そうこうしている間に、ギルドのホールには続々と冒険者達が集まってきた。

「あのーすみません。冒険者ギルドってここで合ってますかね？」

唐突にそんな声がした。

人間の男の声、だが、ひどくくぐもった違和感のある声。

「そうだが……あんた冒険者じゃないな？　どうしたんだ？」

声がしたのはギルドの入口、その近くにいた軽戦士の男がソレに声をかけた。

「いやはや、ちょっと騒ぎになっちゃったんで長居は出来ないんですがね？　アダムっていうテイマーはいるかい？」

聞いてるだけで嫌悪感がこみ上げてくるような、不愉快な声。

「誰だよあんた」

「いやはや。貴方がアダムかい？」

軽戦士の男の肩を軽く叩きながら、謎の男は俺に視線を向けた。

「そうだ」

「いやはや。ちょっとした伝言ですよ。すぐにお暇《いとま》するんでね」

「今ここで捕まるとは考えてないのか？」

「ひひ、まさかまさか。このワタシが捕まる？　面白いご冗談ですねぇ。スタンディングオベーションですよ？」

俺は脅しのつもりで言ったのだが、全く怯えた様子もなく、男は饒舌に返した。

「用件はなんだ」

「我ら鬼獣教、ヤシャ様と共に世界を憂え嘆き、喜びにて救う神の使徒なり。死出《しで》の塔へおいでなさい。強きテイマーよ。貴方の鬼と共においでなさい。そして、王都と共にヤシャ様の美味な贄となるがいい」

「死出の塔……？　お前やはり鬼獣教か！　ロクス！　拘束しろ！」

不気味に笑い、歌うように語る謎の男の背後を取るようにロクスを厩舎から出した。

『いあいあいあ！』

が、しかし――

「甘いですねぇ。このワタシ、そんなものには捕まりたくありませんのでね？　これで失礼させていただきますね？」

久しぶりの出番で気合十分のロクスを、謎の男は回し蹴りで吹き飛ばした。

ロクスもそれなりに強いし、何より不定形の存在を簡単に吹っ飛ばすとは……かなりの猛者か。

「あぁ。ワタシ名乗りもしていませんね？　失礼を重ねて申し訳ない。我が名はイディオ。こう見えて八司教の一人なんでしてね？　それでは、またお会いしましょう」

イディオと名乗った男はまるで舞台役者のように仰々しくお辞儀をし、その場から煙のように消えてしまった。

「……皆聞いてくれ」

イディオが消えたのと入れ替わりで、グラーフが渋い顔をしてホールへ戻って来た。

「軍本部が襲撃された。襲撃者は真っ赤な礼服を着た妙齢の女性で、鬼獣教八司教の一人、ラスティマだそうだ。ラスティマは本部に詰めていた兵のほとんどを数分で殺害し、軍に管理されていた囚人数名を殺害。名乗りを上げて姿を消したという報告だ」

「マスター、その囚人ていうのは……」

一人の冒険者が恐る恐るといった様子でグラーフに問う。

「〝屍円楽《しえんがく》〟ナーダ。〝首切《くびき》り〟パシオン。〝串刺《くしざ》し女帝《じょてい》〟モラール。〝舌抜《したぬ》き〟ベロリア。だ」

「嘘だろ……！　そいつら全員危険度ＳＳの異常犯罪者じゃねぇか！　そんな奴らをあっさり殺しただって⁉」

「それが八司教の実力なんだよ」

狼狽える冒険者達に、目頭を揉みながら呻くように話すグラーフ。

「それとアダム君」

「はい」

「モニカ君が被害者達の治療に当たっている。彼女のおかげで犠牲者がかなり減ったそうだ」

さすがモニカだ。衛兵詰所に向かったはずだが、きっとその後自ら怪我人の治療へ向かったのだろう。

「そう、ですか」

モニカが現場へ駆けつけられたのは幸いだ。

彼女の力であれば、手遅れでない限り九割の確率で回復が見込める。もちろん心臓が止まってからでは不可能ではあるが。

しかし、鬼獣教の司教が二人も王都に紛れ込んでいた事実、軍本部を襲撃したのはいつでも王国の中枢に手が出せるという意思表示なのだろうか。

けど腑に落ちないのが、なぜ王都なのだろう。王都を狙う目的はなんなのだ。

「軍本部を襲った奴らがまだ王都に潜んでいる可能性は非常に高い。皆、決して一人で行動するな。厳戒態勢で行動するんだ」

「「「はい！」」」

そんな事を考えていると、グラーフが冒険者達へ注意喚起をして締めた。

その後、緊急招集を受けた冒険者達が続々と集まって来た。

中にはスウィフトや他のS級冒険者の姿もあった。

〝円舞刃《えんぶじん》〟サスガ、〝魔翼《まよく》〟パネェ、〝暴《あば》れ杭打《くいう》ち〟ゴイスーなど、会話をした事はないけれどその実力は良く知っている。

S級の冒険者に共通しているのは、全員にそれぞれの戦闘スタイルから二つ名が付いている事。

円舞刃サスガは五つのチャクラムを魔力で操る戦闘スタイル。

魔翼パネェは魔法で作り出した三対六翼の翼から羽を射出し戦う、シューターに近いスタイル。

暴れ杭打ちゴイスーは、魔法で出現させた無数の石の杭を相手に叩き込むスタイル。

——といった具合だ。

「二つ名かぁ」

「なんじゃそれは」

二つ名を知らないミミルに教えてあげようと、俺は口を開く。

「ん？　S級冒険者にはな——」

俺達が壁際の隅っこでそんな会話をしていた時。

「ただいま戻りました！」

入口からモニカの声が聞こえてきた。

「モニカ君。よく戻った。君のおかげで犠牲者がかなり抑えられた」

「いえ……救えない方もいましたし……」

「仕方のない事だ」

「はい……」

グラーフに労いの言葉をもらったモニカが、俺達の所へ来た。

その時突然、小さな地鳴りが聞こえてきた。

地鳴りは徐々にその大きさを増していき、次第に立っていられないほどの大きな揺れがギルド全体を襲った。

揺れは数分間続いたがギルド内は棚などが倒れたくらいで、人的被害は全くなかった。

しばらくすると、偵察に出ていた冒険者が血相を変えてギルドに飛び込んで来た。

「た、大変だ！　王都の北に馬鹿でかい塔が現れやがった！　今の地震はそれが地中からメリメリ出てきたせいだ！」

肩で大きく息をする冒険者の男にシムスが水を渡すと、男はそれを一気に飲み干して床に座り込んだ。

男は地震が起きた時、王都周辺の偵察からちょうど北門まで帰って来たのだという。

地鳴りが聞こえてくる方角を見ると、大地が裂けてそこから巨大な塔がゆっくりとせり上がっていたそうだ。

「あれはヤバい。長年の勘がそう言ってる。あのでかさだ、きっとすぐに皆気付くだろうさ」

男からの話を聞いた冒険者達はみな顔を見合わせており、いよいよ何かが起きるのだと皆一様に引き締まった雰囲気を醸し出していた。

外からは昇り始めた朝日の光がホールを照らしていた。

その後、塔出現は王都中が知る事となり、調査隊が結成される事になった。

今王都周辺もしくは王都内には、八司教のうち少なくともリンに呪いを掛けたミストラル、イディオ、ラスティマの三人が潜伏している。

西と北の国境線部隊が強襲され、軍本部も襲撃されたこのタイミングで突如として地中から現れた塔。

あの塔が鬼獣教の仕業であるというのは明らかだった。

「軍本部から応援要請が来ている」

集められた冒険者達の前でグラーフは静かに口を開いた。

「偵察部隊からの報告では、現在、塔の周辺に大規模な屍霊鬼《グール》の群れと鬼獣教徒達が陣取っている。軍本部はモニカ君の活躍ですぐにでも前線に兵を送る事が可能だ。魔導士協会も応援を寄こしてくれる。これは〝ストームドラゴンの時のような天災ではない。これから始まるのは鬼獣教と王都との全面戦争だ。各パーティ同士連携し、無理のない戦闘をしてくれ。相手は屍霊鬼《グール》と、人の倫理の外にいる鬼獣教徒共だ。決して油断するなよ」

「「「はい!!」」」

「そして現在監視中の塔だが、〝暗黒塔《あんこくとう》マリス〟と呼称する事が決まった。奴らがなぜどこでもなく、この王都をターゲットにしてきたのかは分かっていないが……散々世界中を荒らしてきた奴らだ。遠慮なんてするな」

「「はい!!」」

グラーフは良く通る声で、手際良く指示と必要な情報を伝えてくれる。

「それと、今回の塔攻略戦において、ギルドから各パーティリーダーへ渡すものがある。シムス」

「はいマスター」

グラーフに促されたシムスが、奥から大きな木箱を持ってきた。

蓋を開けると、中には掌に収まるくらいの魔道具が無数に入れられていた。

「これはとある魔法使いが開発し、ギルドのためにとコツコツと作り上げてきたものだ。これがあれば離れていても脳波がどうとかで……ゴホン、とりあえず、これを持つ者同士で意思の疎通が可能となる。詳しい使い方はこの後レクチャーするので、各パーティリーダーは集まってくれ」

グラーフ自身、仕組みがよく分かっていないようだが、離れていても意思の疎通が出来るのは画《かっ》期的《きてき》だろう。

そんな画期的な代物を開発するなんて、相当腕のある魔法使いなんだな。


「というわけで、借りてきたぞ」

その魔道具であるタリスマンはパーティに一つずつ貸与《たいよ》され、使用時はパーティリーダーの名前を思い浮かべれば勝手に接続してくれるという優れもの。

数に限りがあるので、パーティリーダーにのみ貸与という形になった。

「敵が本格的に王都へ押し寄せる前に、俺達で徹底的にぶちのめすぞ」

俺は三人の目を順に見ながら、気合を入れる。

「はいですわ！」

「ククク、血が騒ぐのう……」

「あの人達！　絶対に許さないんだから！」

三人の気合いに頼もしさを感じつつ、俺はギルドに現れたイディオの言葉を思い出していた。

イディオの言っていた死出の塔とは、暗黒塔マリスで間違いない。

奴は、俺の鬼と共に来いと言っていた。それは確実にミミルを指している。つまり、奴らの目的はミミルだ。

ミミルは封印されていたヤシャの二つの部位を食っている。

なんらかの手段でそれを知った鬼獣教は、ヤシャの力を取り込んだミミルを取り込み、ヤシャの完全復活を目論んでいるのだろう。

であれば逆に、八分の六が集まっているヤシャをミミルに食わせられるという事だ。

せっかくお招きいただいたお食事会だ、ご厚意に甘えようじゃないか。

最初は他のパーティと一緒に足並み揃えて戦いつつ、自然な形で塔の内部へと侵入する。

塔の中を調査し、敵がいれば即時撃破、そしてヤシャがいればそれを撃破およびミミルが吸収。

我ながら完璧すぎる作戦を、俺は三人に伝えた。

「アダム様。そろそろですわよ」

「あぁ、そうか。教えてくれてありがとう」

その後なんやかんや準備をしていたら予定の時間が近づいて来た。

王国軍は既に出立しており、作戦が展開されている。

俺達冒険者は、その後ろから第二次攻撃隊として配置される。

屍霊鬼《グール》共は、既に王都城壁の近くまで来ているらしく、それを撃退しながらの進軍となる。

「よし。それじゃあ作戦は伝えた通り。乱戦になるかもしれないから深追い禁止、必ず目の届く範囲にいるように」

「「「はーい」」」

サーヴァントの位置は分かるから心配ないんだけど、一応他の方の目もあるのでそれっぽく話している。

恐らくこの戦いで、多くの兵や冒険者達が命を落とすだろう。

それに、懸念すべきは倒された者達が屍霊鬼《グール》にされてしまう事。

時間が長引いて犠牲者が増えれば増えるほどに、こちらが不利になっていくのだ。

それゆえ屍霊鬼《グール》に対してはなるべく遠、中距離で対処し、残った敵を接近戦で一気に葬るというのが全体的な作戦である。

「しかしすげぇな……アダムのサーヴァントなんだろ？　どこでテイムしてきたんだよ」

「下手な軍用ゴーレムより凄そうだ」

「あんまり近寄らないようにしないと、攻撃に巻き込まれちゃうね」

「それにあの三つ首のデカい犬、ケルベロスって言うらしいぜ」

「見るからに強そうだよね。ムキムキだし大きいし」

と、内緒話という概念が薄れているデカい話し声が俺の耳に届く。

現在俺はテロメア、ロクス、メルトの三匹を出して歩いている。

メルトはスウィフト戦で出した事があるので知っている人も多く、テロメアとロクスは復興作業で貸し出ししていた事もあるので、ある程度認知はされていた。

だのにこの反応である。

まぁ、俺が彼らの立場だったら、同じようにはしゃいでいたかもしれないな。

なんせ、ロクスはともかく、テロメアとメルトは激レア中の激レア、ユニークモンスターなのだから。

ちなみに三匹とも話題になっているのを知ってか知らずか、心なしか胸を張って自慢げである。

「やってんなぁ」

「あぁ。血が滾るぜ」

近くを歩いていた冒険者達が、遠くを見ながら口を開いた。

彼らが見ているのは、俺達より先に展開している王国軍と屍霊鬼《グール》の群れの乱戦だった。

「っしゃあああ！　やあぁああってやるぜ！」

誰かの上げた雄叫びに続き、冒険者達は思い思いに散り、戦闘を開始した。

「よし。俺達も行くぞ」

リリス、モニカ、ミミルは力強く頷き、俺に続いて駆け出す。

他の冒険者と一緒に移動していたが、隙を見て、屍霊鬼《グール》や鬼獣教徒は軍や他の冒険者達に任せ、俺達は塔を目指して走り出した。

「テロメアは魔法使い達の盾になれ！　近づく奴らは全力で排除。ただし味方は巻き込むなよ！」

『御意！　姫様！　主！　ご武運を！』

テロメアは、ちょっとやそっとの攻撃じゃ傷一つ付けられない高い防御力を持つ外皮と、その巨体から繰り出される圧倒的なパワーがあるので盾役には最適。

それに今、テロメアの手には大木を削って作った巨大な棍棒が六本、しっかりと握られている。

棍棒は所々に鉄板を打ち付けて補強してあるけれど、テロメアのパワーにどれだけ持ちこたえられるか。

『『やる気～まんまぁ～ん！』』

『うがふなぐるふたぐん！』

メルトとロクスもやる気に満ちているようだ。

リリスはいつも通り素手だが、ミミルには二本のバトルアックスを装備させている。

小さな両手には、身丈に似つかわしくない大きさの斧がしっかりと握られていた。

もちろん素手でも十分強いので、正直武器は必要ないかと思ったのだが――

「妾は斧が気に入った。双斧を操りし漆黒《しっこく》の鬼姫《おにひめ》ミミルじゃ！」

と、冒険者試験の際に大層気に入った様子だったので、空き時間に武器屋で買っておいたのだ。

姿を隠して進んでいるわけではないので、目の前には屍霊鬼《グール》や鬼獣教徒達がわんさかいる。

そんな中でも俺がこうしてのんびり語りをしている理由は一つしかない。

「でりゃ！」

「そぉい！」

「えーい！」

『『【フレイムブレース】！』』

『ふんぐるいなむ！』

前後左右にいるリリス達が、向かってくる敵達を鎧袖一触《がいしゅういっしょく》、幼子の遊び相手をしているかのように倒してくれているからだ。

つまりはやる事がなくて暇なのだ。戦場で暇を持て余すとはこれいかに。

だが、一応周囲の状況を見つつ、ある程度指示は飛ばしているのだ。

〝ガンガン行こうぜ〟と。

なんせモニカのスキル【聖壁】でパーティ全体の守備力を上げてしまえば、元々防御力の高いリリスとミミルがこんな雑兵《ぞうひょう》如きにダメージを食らう事なんてないのだから。

メルトの【フレイムブレス】は扇状に広範囲を焼き尽くし、ロクスは触手を無数に伸ばし鞭《むち》のようにして敵を蹂躙《じゅうりん》。リリスは拳一本女の花道だし、ミミルは二本の斧を振り回して楽しそうな笑い声を上げているし、モニカは法術で屍霊鬼《グール》を浄化しまくっているし……

特にやる事のない俺は胸を張り、俺はここにいるんだと、少しでも存在感をアピールするように悠然と歩いている。

「アダム様ー！　見えましてよ！」

「おお、デカいなぁ」

特に止まる事なく、俺達は暗黒塔マリスに到着した。

雲に隠れるような高さではないけれど、見上げるほどには高い。

ざっと二百メートルくらいはあるだろうか？

近づいて分かった事なのだが、この塔、非常に悪趣味で気持ちが悪い。

見ているだけで嫌悪感がこみ上げてくる。

「しかし、けったいなモンじゃのう。この塔、肉で出来てるの」

「うげ……マジかよ」

ミミルの指摘で、俺は嫌悪感の正体に気付く。

「そうですわね。質感は完全に肉ですし……大量の人間をこねくり回して壁に張り付けたような、そんな感じですわね」

俺が塔を見上げているとリリスが塔の壁を指で突《つつ》きながらそんな事を言い出した。

「しかも、この塔全体から呪いのような気配がするよ……禍々しすぎる」

「おぅ……マジか……」

それを横で見ていたモニカも、錫杖をきゅっと握りしめて嫌悪感を顕わにしていた。

塔の外観は黒々としているのだが、近くで見ると明らかに凸凹《でこぼこ》していて、壁中に血管のようなものがまとわりついている。

しかもそれがドクンドクンと、まるで中に血が流れているかのように脈打っている。

本当に気持ち悪い。

塔の内部は普通の構造をしている事を祈りながら、俺は塔の扉を開けたのだった。

「これはこれはようこそ、アダムさん」

「あ、貴方は……!?」

顔を顰めつつ扉を潜ると、まるで待ち構えていたかのように、ここにいるはずのない男が立っていた。

「死んだはずの貴方が、なぜここに……」

港町オリヴィエにて、鬼獣教による爆破事件で命を落としたはずの元領主カイゼル・バーニア卿その人だった。

「私が死んだ？　はい。確かに私は死にましたね。ですが、私は生き返ったのですよ……ヤシャ様の御業《みわざ》によってね」

「生き返った……？」

「そう。今の私の肉体はヤシャ様の一部から生み出された神聖な肉体、神の肉体と言っても過言ではありません」

「ヤシャの一部から……貴方は本当にバーニア卿なんですか」

顔面の半分はケロイドのようになっているが、かろうじてバーニア卿だと判断出来る。

頭の形も歪んでおり頭髪も所々抜けている場所があった。

「もちろんです。魂の入れ物が違うだけ、ですからね」

ごくりと生唾が通る音が自分の喉から聞こえる。

バーニア卿は、まるで当たり前のように、微笑みを浮かべながら話を続ける。

「で、生まれ変わった貴方が、一体ここで何を？」

「そんなに怖い顔をしないでください。私は丁重にお出迎えしろと、仰せつかっているだけですので」

……誰に……と聞くのは野暮だろう。

「あれだけヤシャの事を懸念していた貴方が、その手先に成り下がるとは、滑稽ですね」

「私は知らなかっただけなのです。無知とは罪、罪は償わなくてはなりません。しかも、私はたまたま罪滅ぼしをする手段を持っていた……これぞまさに天のお導き」

その一言一句から、以前のバーニア卿でない事は明白だと感じる。

「何を、言ってるんですか」

俺はこみ上げる悔しさに奥歯を噛み締めながら、肌身離さず持っていた腰の剣に手を掛けた。

「おお、それは夜雷の宝剣！　ありがとうございます、ずっと持っていてくださったのですね」

「はい。ですが、これを貴方に向ける事になるとは思ってもいませんでしたよ」

俺はそう言って夜雷の宝剣を抜き、バーニア卿の眼前に突き付けた。

「構いません。それこそ剣のあるべき姿。ただ、それはヤシャ様のお体から生み出されたもの。ヤシャ様が復活された以上、それは返していただきますよ」

「人を捨てたアンタに渡してやるか」

鬼獣教を、ヤシャを敵とみなしていたはずなのに、バーニア卿に何があったのか……とは言え、立ちはだかるというなら、倒すまで。

「アダムさん……」

背後で黙って聞いていたモニカが、俺の服の裾をきゅっと掴んだ。

「前に、バーニア卿に良くないものを感じたって言った事、覚えてる？」

「覚えてるけど」

「その良くないものの感じが今、凄く濃くなってる」

「……そうか。もしかしたら最初からバーニア卿は狙われてたのかも知れないな」

バーニア卿の屋敷が襲われて、彼だけがかろうじて無事だった理由もそう考えると筋が通る。

恐らく鬼獣教の奴らは管理者であるバーニア卿を引き込み、利用する気だったのだろう。

無事に拉致出来ればそれでよし、出来なければ一度殺し、復活させ利用する。

筋書きとしてはこんなものだろう。

「お話は終わりましたか？」

「あぁ。ご丁寧に待ってもらってありがとう」

「いかに敵と言えど、男女の間に割って入るのは無粋《ぶすい》と言うものです。では、そろそろ」

バーニア卿はそう言って腰に下げていた剣を抜き、俺に向けた。

「あぁ、終わらせてやる」

バーニア卿の剣の腕がいかほどかは知らないが、ステータスが大幅に上がっている俺からすれば、どうという事はない。

「Ｓ級冒険者のお力、堪能させてもらいます！」

そう言ってバーニア卿は力強く地を蹴って突っ込んでくるが、正直遅い。

比べるのもおかしいが、スウィフトの剣に比べれば児戯に等しい。

振り下ろされる剣を躱し、そのまま夜雷の宝剣をバーニア卿の首に当ててスライドさせた。

ただそれだけだった。

それだけでバーニア卿の首は胴体から離れ、床に転がった。

「お、お見事です……私では、神の使徒としての天命がなかった。ただ、それだ、け――」

バーニア卿はそのまま静かに息を引き取った。

向こうからの踏み込みがあったとはいえ、人の首がこんなにも簡単に落ちるとは。

夜雷の宝剣、とんでもない切れ味だった。

「浄化は私がやるよ。普通の肉体じゃないし、魂だって汚れてるはずだから」

「分かった」

モニカは錫杖をシャランと鳴らして目を閉じた。少しの詠唱の後、モニカはため息を吐いた。

これでバーニア卿の魂は鬼獣教に再利用される事なく、安らかに眠れるだろう。

「ホントに……嫌だね。うんざりしちゃう」

「質《たち》が悪いよな。あいつら俺達とバーニア卿が顔見知りだって分かってやってんだから」

「相手を惑わす常套手段《じょうとうしゅだん》でもありますわ」

「分かってるさ。別にあいつらに常識だの倫理だのを求める気はない。ただ胸糞悪いってだけだ」

人を、人の命を弄ぶ。悪というのは本当に質が悪い。

「この先、鬼が出るか蛇が出るか……楽しみじゃの」

「まぁ、鬼が出る事だけは確定だな」

「カカッ！　違いないわい！」

念のためにバーニア卿の遺体をメルトの【フレイムブレス】で焼き、跡形もなく消し去った。

魂はモニカが浄化したので、これ以上利用される事はないだろう。

「さてさて。塔の中も悪趣味を貫いておるの」

「嫌ですわ。足元もべたべたして……」

リリスは裾の長い服なので足元が気になるらしい。

戦場でそんな服着るなよ、と言った事もあったのだけれど、頑として自分のスタイルを変えようとはしなかった。

「べたべたと言うか、ねちゃねちゃと言うか……まるで死体の上を歩いているような感じだな」

「死体の上って……まぁでも分かるかも……ダンジョンで大量のモンスターを倒した時、地面がこんな感じになってたね」

素直な感想を述べれば、モニカがそう言ってきた。

「そうそう、内臓とか血とかでな」

「あはは……言わないでいいよ……」

塔の外はあれだけの敵がいたのにもかかわらず、塔の内部は全く敵がいない。

何かの気配はあちこちから感じられるのだが、姿はない。

鬼岩窟でのロクスのように、擬態して隠れているのかと思い、メルトのブレスで壁を焼き払ってもらったが、やはり何もなかった。

通路は上へと向かう螺旋状のスロープになっていて、今はただ嫌な気配を全身に浴びながらぐるぐると上に登っている最中だ。

【スカウト】を使って様子を探ろうにも、生物の気配が全くないのでお手あげ。

なので雑談をしながら歩いている。

「なぁリリス」

「なんでしょうアダム様！」

「面白い話してくれよ」

鼻歌交じりに横を歩くリリスに無茶振りをしてみる。

「へぇ⁉　今でございますか⁉」

急すぎる無茶振りに目を白黒させるリリス。

「冗談だよ。敵がこうも出て来ないと、拍子抜けしちゃうよなぁ」

「うう、ビックリしましたわ……」

「どれ、なら妾が一つ興の深い小話をば……昔々ある所に――」

胸を撫で下ろすリリスに対し、ミミルがふふん、と鼻を鳴らしてさぁ話すぞ、と言う所でそいつは現れた。

「おはようございます、アダム。そして、そのお仲間」

声がした方に目をやると、柱があった場所にぽっかりと空間が開いていた。

その空間の中心にそいつはいた。声からして女性であるのは分かる。

「お前さぁ、空気読めよ」

「え？」

「ホントですわ。ミミルがどんなつまらない話をするのかと楽しみでしたのに」

「えぇ？」

「なんじゃお主、いきなり現れて妾の話の出鼻を挫きよって」

「す、すみません……」

「どなたかは存じませんが、そういうのよくないですよ？」

「あ……はい……」

その空間に現れた女は俺に加え、ガールズ三人からも非難の声を浴びて俯いてしまった。

唐突に現れて人の話の腰を折るなんて、失礼にもほどがあるだろう。

「で、ミミル続きは？」

「って！　ちょっとお待ちなさい！」

そいつを無視してスロープを登り続けようとしたのだが、女は顔を上げて大きな声を出した。

「なんですか？」

「なんですか？　じゃあない！　どうして無視しようとするのよ！」

「いや、ただその……なんとなく？」

「クックック……八司教の一人である私が、なんとなくで素通りされるとは……」

「で？　司教さん、用件はなんだよ。俺達先を急いでるんだけど」

何やら不敵に笑い出した女はすぅ、と腕を上げて俺の事を指差した。

「ようこそ〝死出の塔〟へ。同志が伝えたメッセージ通りに来てくれたようね」

「……メッセージね。やはりイディオが言っていたのは、この塔の事か」

女は今までのやりとりをなかった事にするかのように、仕切り直して話を始める。

「そうよ。ここはヤシャ様と我ら鬼獣教の聖なる塔。数万人の死者の肉と魂で練り上げたこの塔は、我ら信徒とヤシャ様の力を何倍も高めてくれるの」

「……お前今なんつった」

こいつらの力を高めるなどどうでもいいが、一つどうしても聞き流せない事がある。

「我ら信徒とヤシャ様の力を――」

「違う。その前だ」

「あぁ、数万人の死者の肉のくだり？」

「本当なんだな？」

「嘘など吐かないわ。あぁ！　この塔がどのように作られ、どのように機能しているかが知りたいのね？　いいわ。冥土の土産に話してあげ――」

そう自慢げに語る女だったが、俺の背後から立ち上るモニカの激しい殺気に気付いたのか女は口を閉じた。

「貴女はこの塔が……死者の塊だと、そう言うのね？」

「そ、そうよ？　この私、ラスティマが嘘など」

一瞬モニカの殺気に気圧されたようだが、ラスティマと名乗った司教は毅然とモニカに向き合った。

ラスティマが言ったように、本当にこの塔が死者の肉で出来ているのなら、悪趣味な外観や内壁、床についても納得出来る。

「貴女に会うのは二度目ね。話したそうだから聞いてあげる」

モニカは軍本部の応援に行った際、この司教に一度会ったのだろう。

「あら、誰かと思えば、あの時のお嬢ちゃんじゃない。あの時は皆殺しにしようと思ってたのに、よくも邪魔してくれたわね。まぁいいわ、この塔は数万の死者の肉体を秘法により圧縮し、魂までも取り込んでるのよ。取り込んだその数万の魂のエネルギーと、死者の骸という負の根源的力。この双方が混ざり合い、我らの力を限界以上に増加させてくれるの！　なんて素晴らしいのかしら！　なんと美しいのかしら！　ふふふ……貴女達はこの塔へ足を踏み入れたが最後、生きて出る事はかなわない……貴女達の肉と魂、ヤシャ様への贄とさせてもらうわ！」

塔に入ってから至る所から感じていた気配は、この塔に囚われた犠牲者達の魂なのだろう。

「言いたい事はそれだけかな」

ただじっと俯いて話を聞き続けていたモニカが、ボソッと呟いた。

絹のように滑らかで美しい金髪が逆立って、ゆらゆらと立派なたてがみのように揺らめいている。

「は？」

「言いたい事はそれだけかって聞いているのよ！　腐れ外道め！」

がばりと顔を上げたモニカは、猛烈な勢いでラスティマの懐へと飛び込み、その怒りを錫杖に乗せて思い切り振り抜いた。

「ごはっ！」

フルスイングの錫杖を腹部に受けたラスティマは、振り抜かれた速度と同じ勢いで吹き飛んで壁に激突した。

「ぐ……あが……！」

モニカは錫杖の石突きで床をコン、コン、と一定のリズムで鳴らしながらその場に立っている。

「ほら、立ちなよ。貴女司教でしょ？　強いんだよね」

こんなモニカ久しぶりに見たが、やはりモニカにとってのスイッチは人命なのだろう。

「くそ……コケにして……！」

「アダムさん」

「なんだ？」

「先に行ってて。私もすぐに行くから」

「……分かった。頼んだぞ」

まさに怒髪天をつく状態のモニカは、こちらを振り向きもせずにそう告げた。

「モニカ」

「何？　リリスさん」

「十五分ですわ。十五分経って追いついてこなかったら、私は帰ってくるから」

「うん。分かった」

「行きましょう。アダム様」

そう言ってリリスは俺の肩を叩き、さっさと歩き始めてしまった。

「さぁ。第二ラウンド、始めようよ」

モニカの発する言葉を背に聞きながら俺達もリリスの後に続いた。

◇◇◇

「ラスティマさん。私はね。死者への冒涜を許せない。私は聖女だし、人よりも命に敏感なんだ」

魂の奥底から噴き上がる、怒りの業火を胸に抱きながら私は言った。

「何が言いたいのかしら？」

「つまりね。貴女達が人だろうと人でなかろうと、聖女モニカは絶対に許さないって事だよ」

怒りが振り切れるとこうも静かな自分になれるのか、と私は内心驚いていた。

聖女でありサーヴァントであり、慈愛幽鬼《ラブファントム》へと進化した私。

色んな私があるけれど、その全ての私が目の前の者を許さないと叫んでいた。

「リリスさんとお約束したけれど、十五分もいらない、十分以内に貴女を断罪します」

私は壁際で臨戦態勢を取っているラスティマに向かって、ゆっくりと錫杖を向けた。

しかし、対するラスティマは不敵な笑いを張り付けているだけ。

私に対する策があるのか、はたまた単純な自信から来る余裕なのかは分からない。

「おやおや。断罪とは耳が痛いわね。人は誰しも罪を背負って生きているというのに……貴女は自分が罪なき人間だと思っているの？　お嬢ちゃん」

「人は誰しも罪を背負っている、それは認めるわ。聖女である私だって罪はある。アダムさんにした事は大罪だよ。それでも、私は神官として、聖女として、一人の人間として貴女を許さない」

「いいわ！　いいわよそのエゴイズム！　とても素晴らしいわ！　自分の事は棚に上げ、他人を責め立てる！　なんと最低な行為か！　でも、それこそがヒトの本質！」

「はぁ。もういい。貴女と話していると心が疲れてきちゃう――【断罪《だんざい》の怒槍《どそう》】」

深くため息を吐いた私は、心の中に浮かんできた新たな法術を口にした。

すると私の周囲に四つの小さな魔法陣が形成された。

「来なさい！　罪深き少女よ！　貴女こそ、私が断罪してあげましょう！　【屍魂壁《しこんへき》】！」

攻撃が来ると察したラスティマは、自分の正面に半透明の防御壁を展開、それとほぼ同時に私の魔法陣から大きな角が射出された。

「私の新たな力。聖なる怒りの力。とくとその身で味わってね」

「くうぅ……！」

角は次々と射出され、ラスティマが展開している防御壁に激突していく。

防御壁は角が激突する度に音を立てて弾け飛ぶが、ラスティマもまた瞬時に張り直して対抗している。

さすがは八司教の一人、この技は並みの魔法使いやモンスターなら一撃で消し飛ばせるくらいの威力はあるはずだから。

「その力……！　話に聞いていたものより遥かに強大……っ！　でも！」

張られていた防御壁が三重、四重になっていき、彼女はそれに合わせて一歩一歩じりじりと歩みを進めてくる。

少しずつ縮まる距離に、私は少しだけ眉根を寄せた。

「【怒槍《どそう》　速射連弾】」

「なっ⁉」

角を射出していた魔法陣が、その一言で十二に増え、射出数も速度も三倍に変化し、そのまま障壁を貫通しラスティマを壁に縫い留めた。

「お……ごぁ……」

角により両手両足、腹部、肩、頭の三分の一を貫かれたラスティマだったが、それでもかろうじて息があるようだった。

その状態を見てもなんの感情も湧かず、最後に射出した角でラスティマの頭部を消し飛ばした。

ばちゅっ、という破裂したような音がフロアに響く。

「……呆気ない」

床に転がるラスティマだったモノを一瞥し、踵《きびす》を返した。

「ドコに行くのかしら？」

「……っ！」

踵を返した瞬間に聞こえた、耳元で囁《ささや》く怪しい声。

咄嗟に前に飛び距離を取ろうとしたが、動揺した僅かな瞬間の隙を突かれてしまった。

「つぐ！　あぁぁああ！」

ぞぶり、と自らの脇腹から突き出た手刀を見て、自分が何をされたか一瞬で理解した私は、激痛に耐えながら思い切り跳躍した。

飛ぶと同時に脇腹から手刀が抜ける感触と、自分の体内から何かが引き摺《ず》り出される感覚に悶絶した。

「な……んで……！」

「くふふふ……！　なんででしょうね？」

距離を取って相対する相手、それは、今まさに私が怒りの槍でぼろくずのように葬ったはずのラスティマだった。

脇腹から噴き出す大量の血を自ら治癒術で止め、再生させていく。

一気に大量の血を失って、私は激しい痛みに顔を歪ませた。

「いやぁしかし……美味しいわねぇ」

「悪趣味通り越して狂人だよ……反吐が出ちゃう」

「お褒めにあずかり光栄だわ。聖女様」

ラスティマは血に濡れた手で掴んでいる何かを噛み千切り、くちゃくちゃと汚い音を立てて咀嚼していた。

手から伸びる紐状の物体、それがなんなのかすぐに分かった。

跳躍した時に感じた、何かが体内から引き摺り出される感覚。

それは腸。

ラスティマは今、私の体内から千切り取った腸を食べているのだ。ぐちゃぐちゃと汚らしい音とよだれを垂らしながら、笑顔で腸を貪り食うラスティマは異常者そのもの。

千切り取られた腸と大量に失った血は法術で再生可能だけれど、失った部分を作り出すには少し時間がかかる。

「あぁ美味しい美味しいわぁ！　あははは！」

「ぐ……！」

敵に自分の腸を貪られる光景を見るのは悪夢でしかないけれど、再生にかかるまでの時間を稼ぐために私は口を開いた。

「死んでなかった、って事？」

「いいえ？　私は死んだわ。しっかりと絶命してしまったの」

「じゃあ――」

「じゃあなぜ今生きているのか、よね？　分かるわ。その疑問、非常に分かる」

ぐちゃぐちゃ、ぶちり、と咀嚼を止めずに話すラスティマは、うんうん、と何度も首を縦に振った。

侮っていた、慢心していた。少し自分が強くなったから、怒っているからと、心のどこかに隙があったに違いない。

これがアダムさんであったなら、仮に倒したとしてもなんらかの方法で敵が復活する事も考慮していたはずだ。

「さっきも言ったけど……ここは数万の魂と肉の揺りかご……そして、我らはそれを贄として能力を向上させる……私は八司教が一人〝不滅〟のラスティマ。私は周囲に魂さえあればいくらでも復活が可能なの。ごめんね？」

「そう……それは大層な能力ね！　【断罪の怒槍】！」

再びドパン！　とラスティマの頭部が弾け飛ぶ。

床に崩れ落ちるラスティマだったが、途端に頭部が修復されていくのが見えた。

「なるほど。不滅っていうのは伊達じゃないのね」

さて、どうするか、と私は思案する。

この塔がラスティマの肉体と魂を修復し続けるのなら、終わりはない。

「私がこの塔と接続されている限り、貴女に勝ち目はないのよ。恰好をつけて単身挑んできた貴女の負け。普段なら周囲の人間を殺してその魂と肉体を利用するのだけど、この塔の中ならそれも必要ないの」

「ふうん。そっか。ありがとう」

「ありがとう？」

今の言葉が私にある事を思い出させてくれた。

そして、それにより勝ちを確信する。

私は静かに胸の前で十字を切り、錫杖をシャランと鳴らした。

「これで終わりだよ」

「おや。諦めてしまうの？」

「違うよ。貴女はそこから出る事は出来ない。その術は貴女を空間から隔絶する」

「一体何を……ば、馬鹿な！　いつの間に⁉」

ラスティマは何もない空間をぺたぺたと触る。自分が透明な箱のようなものに閉じ込められている事を理解したのだろう。

「私の法術。【懺悔の祈り】……対象のいる空間二メートル四方を空間から隔離、動きを封じる。つまり、貴女はもうそこから出られないし、塔の力を利用する事も出来ない。突破口を教えてくれてありがとう。貴女は終わりよ」

「そんな馬鹿な！　私は八司教が一人、不滅のラスティマよ！　こんな、たかが人間の神官如きに！　おのれおのれおのれえええええ！」

私はラスティマに手をかざし、ゆっくりと、だが力強く拳を握っていった。

拳の動きに合わせて見えない壁は縮んでいき、その中のラスティマもゆっくりと押し潰されていく。

私の拳がしっかりと握られた時、ラスティマはただの肉塊になり果てていた。

「ふう。私の内臓を食べた人なんて貴女くらいよ。もう誰にも食べられたくないな」

こうして私の戦いは戦闘開始から十分ほどで決着となり、ラスティマが復活しない事を確認し、アダムさんのもとへと急いだのだった。

第八章　鬼と龍と因縁と

「固まってカバーし合いながら戦うんだ！　屍霊鬼《グール》にやられたら奴らの仲間入りだぞ！」

剣で屍霊鬼《グール》の攻撃を受けながら大声を張り上げているのは私、ジュリア・ベルガーデン。

王国軍第三機動兵団大尉であり、女性初の尉官だ。

剣の腕は中の上だが、小回りの利く小柄な体を活かしたスピード、咄嗟の閃きで数々の武勲《ぶくん》を上げてきた。

しかしながら、アンデッドのモンスターと鬼獣教徒達。これだけの数を相手にしたのは初めてだった。

屍霊鬼《グール》に集中しすぎれば、鬼獣教徒からの横やりが入るし、かといって鬼獣教徒に集中すれば屍霊鬼《グール》の群れに囲まれる。

「大尉殿！　大尉殿だけでも撤退を！」

私やその他大勢の隊員達は屍霊鬼《グール》に知能などなく、ただただ本能のままに血肉を食らうだけの木偶人形だと思っていた。だが実際は違っていた。

誰が誘導しているのか分からないが、奴らは確実に知恵ある者に指示され、それを遂行する知能がある。

最初は優勢で押しに押していた私の隊は、いつの間にか分断され、各個撃破されてしまっていた。

さらに悪いのは屍霊鬼《グール》の中に、王国軍の同僚が数多くいる事だ。

北と西の国境を預かっていた兵達が、今は我らに剣を向け、牙をむき出し、涎を垂らして襲いかかってくる。

かつての上司グワイア少将だったモノも、呻き声を上げながら暴れ回っていた。

屍霊鬼《グール》に変貌した場合、人としてのリミッターが外れ、いわゆる火事場の馬鹿力というのを常時解放している状態となる。

そこに、生前培ったスキルなども使用して向かってくるのだから質が悪い。

現在、隊で生き残っているのは、私を含めて十人。

それを屍霊鬼《グール》と鬼獣教徒らは、追い詰めるのを楽しむように、じわじわと囲いを狭めている。

ズシリズシリという地鳴りの音が聞こえてくる中で、私は必死に思考を巡らせる。

「くそ……！　どうにもならないか……！」

仲間達が一点突破を狙って攻撃を仕掛けているが、それも上手くいかない。

一般人の屍霊鬼《グール》ならともかく、隊を囲んでいるのは鍛え上げられた王国兵の屍霊鬼《グール》なのだ。

絶望という黒い大波に飲み込まれそうになった私は祈った。冒険者でも仲間の兵でもいい、この窮地から脱するチャンスをくださいと。

その刹那、聞こえてきたのは神の声でも仲間の声でもなく、轟音にも似た何かの巨大な叫び声だった。

「グォォォォオオオウ！」

私はその叫び声で自分の生が終わったと悟った。

聞いた事もない、地獄の鬼が発しているかのような恐ろしい叫び声。

そして次の瞬間、私の眼前に迫っていた亡者共が巨木の横薙ぎにより吹き飛んでいった。

「ゴオオオォォオアアアア！」

再度の雄叫びと巨木の横薙ぎ、私は何が起きたのか理解出来ずに呆けてしまった。

「大丈夫っスか！　兵士さん！」

「え、えぇ、大丈夫……」

私が状況を掴めていなくとも、戦況は激変していた。

隊を弄んでいた屍霊鬼《グール》と鬼獣教徒は、冒険者達や魔導士協会の者達の魔法爆撃によって次々と滅ぼされていった。

「グゴォオオアアア！」

「ありがとうテロメアさん！」

「このパワー、攻城兵器も真っ青だな」

前方には、巨木を握りしめた巨大な鬼が仁王立ちしていた。

信じられない光景に呆気に取られていると、助けに来てくれた冒険者の男が手を差し伸べてくれる。

「あれはウチのギルドのテイマーが使役しているテロメアさんっス。見た目はガチでヤベーっスけど超絶頼りになるんスよ」

「そ、そうなの……あれが味方……」

「味方っスよ！　まさに百人力、いや万人力っス！」

豪風を伴って振るわれる巨木は、屍霊鬼《グール》や鬼獣教徒達をまるで木の葉のように吹き飛ばしていく。

「はは……テイマーとは、とんでもないな……」

窮地を脱した私は誰に言うでもなくぽつりと呟いた。

「行ける！　勝てるぞ！」

口走ったのは冒険者の誰か。

だが、それを合図にしたかのように暗黒塔が怪しく光り始める。

赤黒いもやがゆらりと立ち上り、紫紺の光を不気味に発する暗黒塔を、私は見上げる。

一体何が起きるのかと身構えていると、突如として不協和音を奏でるサイレンが鳴り響いた。

「がっ！」

全員がその音量に思わず耳を塞いで呻き声を上げながらも、暗黒塔の異様さから目が離せないでいた。

「おいおい……」

「ねぇ、嘘だよね」

「信じられん」

冒険者達の視線が塔の入口に集中する。そこからはぞろぞろと無数のモンスターが出て来ていた。

多種多様なモンスターが涎を垂らしてこちらへ押し寄せてくる。

「まさかとは思うが……あの塔を壊さない限りモンスターが増え続けるってんじゃあないだろうな」

「そんな悪夢みたいな事、冗談でも言わないでおくれよ……」

「へっ！　いいじゃねぇか！　俺らと敵、どっちが上か見せてやんよ！」

「モンスターを倒せばいいだけだ。いつもの仕事と変わらんさ！」

溢れ出るその数に一瞬ひるんだ冒険者達だったが、すぐにイキイキとした表情に切り替わる。

後方で魔法を打ち続ける魔導士協会の魔法使いは的が増えたと喜び、さらに苛烈な攻撃魔法を塔の入口目がけて叩き込み始めた。

一番被害の多い王国軍は一度後方に下がり、態勢を立て直す事にした。

この戦いはまだまだ終わる気配を見せず、私の悪夢も続いていくらしかった。

◇　◇　◇

「うわ！　なんだこの音！」

突然鳴り響いたサイレンの音。

普通の音ではなく、嫌悪感や不安感を増大させるような不協和音のサイレン。

サイレンが鳴っても塔の内部に変化はないので、もしかすると外に何か変化が起きているのかもしれない。

だがまぁ、塔には窓なんてものはなく、ただただ内臓をひっくり返したかのような肉壁が続いているだけ。

外の様子を見る事は叶わない。

「アダムさん、皆！」

後ろからモニカの呼ぶ声が聞こえた。

「モニカ！　大丈夫か!?」

スロープを駆けてくるモニカの顔は晴れやかだが、脇腹当たりから下半身にかけて真っ赤な血でぐっしょり濡れている事が気になる。

「あ、大丈夫大丈夫！　ちょっと貫かれただけだし、治癒したし、問題ないよ！」

「そ、そうか」

俺の視線で察したらしいモニカは、さらっと凄い事を言ってきた。

「手こずったみたいですわね」

「うん、ちょっと油断しちゃって。でも、リリスさんの手を借りずに倒せたよ」

パッと見大惨事なのだけれど、モニカの顔色は悪くないし全快しているんだろう。

リリスも心配そうな顔をしており、メルトもクンクンと鳴きながらモニカの頬を舐めていた。

ロクスはうねうねしてるだけなのでなんとも言えない。

しばらくは何事もなく上に進んでいくと、ラスティマがいた場所と同じような空間に出た。

「「「「来たか」」」」

そこには妙な面を付けた五人組が立っていた。

「「「「我ら」」」」

「ロクス」

『にょろぱ』

五人組は口を揃えて名乗りを上げようとしたようだけれど、わざわざ聞いてやる必要もない。

なのでロクスに命じ、五人組の首を一気に飛ばしてもらった。

復活される懸念もあるので、そのまま溶解液を飛ばして跡形もなく溶かした。

「うわぁ……」

「なんだよ」

「意外とエゲつない事をするのう主様」

「秒殺、だね」

なぜかガールズ三人組が引いてるような気がするけれど……なぜだ？

「アダム様、せめて名前だけでも名乗らせてあげればよかったのでは？」

「えぇ……」

「そうじゃぞ。名乗り中と変身中に攻撃する奴はおらんじゃろ？」

「いや、それはちょっと何言ってるか分かんない」

暗黙のルール、とでも言うのだろうか。リリスもミミルもそこについては共通の認識があるみたいだ。

「アダムさん。あれ本部を襲ったラスティマの部下達だよ」

「え？　ほ、ほらな？　俺は分かってたんだよ」

モニカは以前ラスティマと相対した時に会っていたのか、彼らを知っているみたいだ。

「それより、三人とも、こんなちんたら歩くのはもう止めだ。さっさと上に行こう」

◇　◇　◇

「八司教も残り四人だけになってしまったな」

「しかも、八人中三人を屠ったのはあのアダムパーティ」

「やはりアダムは害悪でしかない」

淡く光る八つのトーロウが円形に配置され、その中心に松明の光が四つ灯っている。

我は鬼獣教八司教が一人。アダムへの憎悪の炎が消える事なく我の魂を焦がし続けている。

松明のそばには我の他に真っ赤なローブを纏い、フードを深く被った三人の司教。

「奴の正体は分からないのか？」

「分からん。分かっているのはただ風のようにふらりと現れ、司教と教徒達を切り捨てていったという事だけだ」

松明に照らされた司教達は、口惜しそうに話す。

「南の大陸で活動していた鬼獣教徒がほぼ全滅。それを成したのはたった一人の剣士だというじゃないか。たかが剣士如き、今の今まで正体も分からないなど信じられん」

「あの鬼獣教最高の攻撃力を持つ、〝極炎《ごくえん》〟のオリオンがやられたのだ。並大抵の技量ではない。剣士は仮面を被り、名乗りもせず、数瞬の内にオリオンを切り捨てたという」

各大陸に散らばったヤシャ様の封印体は全て回収したが、二つの封印体はミミルという少女に取り込まれたと報告があった。

ならば、封印体を取り込んだミミルを取り込み、ヤシャ様の完全なる復活を遂げればよい。

そして、司教達を亡き者にしたアダムパーティは元より、王国、世界を暗黒と混沌に沈めるのだ。

計画は最終段階に入っている、もはや止められる者はいない。

この死出の塔は大地から魔力を吸い上げ、さらには周囲の負の感情を吸い取り永続的に機能する。

ヤシャ様の祝福を受けた者に力を授け、モンスターを一定間隔で召喚する神の塔なのだ。

この塔がある限り、我らの悲願は必ずや成就する。

「進化した我らが手始めにこの王都を浄化し、次に世界の浄化を」

しばしの祈りの後、イディオが言った。

「さよう。進化の先の魂の救済。それこそが我らの悲願であり、ヤシャ様の御言葉なのだ」

それにミストラルが続く。

「ならば始めよう。人の形を捨て、ヒトの中のケモノを呼び覚まし、神の頂へ」

我の横にいたもう一人の司教が逆さ十字を切り、我らに魔力を込めた油を振り撒いた。

神たるヤシャ様は、我らに自らの血肉を分け与えてくださった。

ヤシャ様の血肉を取り込み、人という束縛から逃れた我ら。

さらには我が提供したストームドラゴンの血肉により、さらなる力を得た。

我ら司教は膝をつき、呪文を唱えると、松明の炎を手にして己に押し当てる。

人の外殻を滅却し、次の段階へ。聖なる業火は一瞬で我らを包んで激しく燃え盛る。

炎の色が赤から青へ、そして白へと眩しく移り変わり、やがて炎が消え——我らは神となる——

◇　◇　◇

俺達が薄暗い室内に踏み込むと、そこには何かが激しく燃えたような四つの痕と、その周囲に封印の祠で見たトーロウが立っていた。

中央に読み取れない術式が描かれた魔法陣があるが、ミミルはそれをじっと見て爪を噛む。

「どうした？　ミミル」

「ぬーん。ここから微妙に獣鬼――ヤシャの気配がするんじゃよ」

そう言ってミミルは魔法陣の中央を指で突いた。

その途端、魔法陣が激しく光り輝き――

【聖壁】！」

モニカがスキルを発動したと同時に、視界が真っ白に染まり、激しい衝撃と爆発音がした。

くそ！　光で目を、爆発音で耳をやられた！　何が起きてる⁉

「皆無事か！」

問いかけても、聞こえるのはキィーンという爆発音の余韻だけ。

皆近くにいたはずだが吹き飛ばされて、何がどうなっているのかも分からない。

壁に叩きつけられもせず、浮遊感がある事だけが分かる。

白く染まった視界がぼやけ、段々とクリアになってくる。

「うっそだろ⁉」

結論から言うと、俺は空を飛んでいた。

正確に言えば、塔から吹き飛ばされ、遥か下に見える地面に向かって落下していた。

周囲に目をやれば、リリスやミミル、モニカやメルト、ロクスも落下している最中だった。

「皆！」

「アダム様ー！　こちらは平気ですわー！」

リリスは背中から翼を出して滑空しているので、一目見て大丈夫だと分かる。

メルトはリリスに体を掴まれて宙ぶらりんだが、尻尾を振っているので楽しんでるんだろう。

「これくらいの高さならば助力無用じゃ！」

ミミルも体をめいっぱい広げ、楽しそうに滑空している。

規格外の二人が問題なしと伝えてくるものの、俺とモニカは問題大あり。

「いや！　俺がダメなんだけど⁉」

「いいいやあああああ！　高い！　落ちてる！　うわあああああん！」

モニカは高い所がダメだし、落下を軽減させるスキルも術もない。

もちろんそれは俺も同じなのだが、マジでどうしよう。

「アダム様あああああ！」

「んむぐっ！」

そんな事を思っていたら、いきなり視界が暗転し、弾力のある何かに顔が挟まれた。

「んほお！　アダム様と合法的に抱擁出来ますわーー！」

「ぐ、ぐるしいから！」

「あ、ごめんなさいですわ、嬉しくてつい」

苦しさを訴えると、リリスは腕を緩め、素直に謝ってくれる。

「いいよ。助けてくれてサンキュな」

リリスはメルトを持っていたはずだが……あれ？

「あぁ、アダム様の匂いアダム様の体温、アダム様の息遣いぃぃぃい！」

「トカゲきっしょ」

「今きっしょって言ったの誰ですの⁉　トカゲって聞こえましたわ！　どうせミミルですわよね⁉」

「すまんの、つい本音が漏れてしもうたわい」

落下中だというのに、ミミルはカラカラと笑っていた。

この状況でよく笑えるな……豪胆と言うか、さすが鬼王姫というか。

「そんな事よりモニカだ！」

「モニカ？　大丈夫ですわ！」

辺りを見回すと、体を気球のように膨らませたロクスがモニカとメルトを搦め捕ってふわふわと降下していた。

ロクス、お前本当に便利だな。

リリスに抱きしめられながら降下している最中、弾け飛んだはずの塔の頂上に目がいく。

爆発の影響か、頂上部分は花弁のように等間隔に開き、中心部分に巨大な肉塊が蠢いている。

「オオオオオオオ！」

地獄の底から響き渡るようなおぞましい咆哮がその肉塊から聞こえてきた。

「なんですの⁉」

肉塊が一際大きく動いたかと思うと――ソレは産まれた。

熟れた果実が弾けるように、肉塊は弾け飛び、その中から巨大な生物が現れた。

「グオオオオオオ！」

この世に生まれ落ちた事を喜ぶかのような咆哮は、辺り一帯に響き渡り、戦場で戦っている全ての者の耳に届いただろう。

「ふん、気持ち悪い喚き声じゃの」

「ミミル、あれは」

「人間共がヤシャと呼ぶ、鬼のなり損ないじゃ。いっちょ前にとんでもない力を持っとるようじゃの。ふん。気に入らん」

ミミルはロクスの上に座り、蔑んだような視線を、塔の最上部で雄叫びを上げるヤシャに向けて鼻を鳴らした。

しかし、あれがヤシャの本体か、伝承で聞いていたサイズより遥かに大きい気がするのだけど。

「随分と巨大化しておるのう。信仰の祈りと贄をたっぷりと食ろうたおかげか？　それに……何やら変な奴らもいるようじゃな」

「あぁ、見た感じ人間じゃあなさそうだ」

吠えるヤシャの傍《かたわ》らには、四体の異形がヤシャに付き添うように佇んでいる。

『主！』

「テロメアか、どうした」

そんな時、突如テロメアの声が脳内に響いた。

『ご無事でしたか！　何度呼びかけても、お返事がなかったので心配しておりました』

「なんだって……？　それは本当か！」

『は！　嘘など申しませぬ！　他の冒険者の方々も、主に繋がらないと仰っておりました』

まさかこの塔は、外からの干渉を阻害する働きがあったのか？

いや、そうじゃないと説明が付かない。くそ！　どうりで魔道具が静かだと思ったよ！

「テロメアの所へ行くぞ！　皆！」

着地した俺達はテロメアを目指して駆け出す。

向こうでテロメアが大きく手を振っており、その近くには大勢の兵や魔法使い、冒険者達が集まっていた。

冒険者達はテロメアがそこら辺から引っこ抜いたのであろう大量の木をバリケードにし、遠距離攻撃や遠距離魔法で近づいてくる敵に対抗している。

「アダムさん！　あんたら一体どこ行ってたんだ!?」

「うちのリーダーが何度呼んでも――」

「あぁ、ごめんごめん！　ちょっと塔の中に行ってたんだ」

テロメアのもとに着くと、数人の冒険者に囲まれて軽い非難を浴びてしまった。

「現在暗黒塔マリスの入口より数多くのモンスターが生み出されており、連合側は不利な状況です」

冒険者達の間から、軍人と思われる女性が出てきて、簡潔に状況を説明してくれた。

「あ、貴女は？」

「は！　私は王国軍所属のジュリア大尉であります！　テロメア殿や冒険者の方々と協力して戦線を維持しております！」

「そうなんですね。モンスターが生み出される、とは？」

「は！　それは――」

ジュリアが険しい顔で暗黒塔の下部を指差した。

見れば、そこからジュリアの言葉通り、様々なモンスターが出てきているではないか。

「最初はそこまで強くなかったんだ。でもよ、倒せば倒すほどあいつら凶悪になっていくんだよ……」

「塔自体に攻撃してもすぐに修復されちゃって、だからこうして守りを固めながら撃退してるの」

血や土でドロドロになった冒険者達が暗い表情で言った。

まさかこんな事になっているとは……

「モニカ！　メルトに乗って急いで治療に回ってくれ！」

「分かった！　行くよメルトちゃん！」

『『はーい』』

「ありがとうアダムさん！　モニカさんこっちです！」

冒険者がモニカに手招きをして駆け出すと、メルトはモニカを背に乗せ駆け出していった。

「リリス、ミミル。二人には殲滅戦を担当してもらいたい」

「「せんめつせん？」」

治療はモニカに任せたので安心だ。でも、モンスターを処理しなければ状況は変わらない。無限に湧くとは言え、この二人の火力なら押し切れると思い、俺は二人に指示を出した。

「そうだ。二人の力があれば楽勝のはずだ。単独ではなくツーマンセル、二人で動くんだ」

「えぇ……」

「えぇじゃないわアホ。主様の命令じゃぞ」

見た目とは逆で、ミミルの方がやはり大人っぽいな。

「仕方ありませんわね……」

「二人は敵集団の奥に突っ込んで思い切り暴れてくれ」

「分かりましたわ！」

「任されよ」

リリスとミミルは互いに目を合わせ、余裕の微笑みを浮かべて飛び出していった。

「お、おい、アダムさん！　あの二人、飛び出してったぞ⁉」

「いいんだ。あいつらに任せればモンスターなんか敵じゃない。それより――」

俺は近くの冒険者や兵士、魔導士協会の魔法使いらを集めて指示を出していく。

『こちらベンピリア！　応援に来られる奴はいるか！』

脳内に知らない男の声が響いた。

『こちらアダム。どこにいる？』

『あ、アダムさん⁉　生きてたんですか⁉　い、今俺達は塔の西側の街道付近にいます！　大きな岩が二つある所です！』

『分かった。すぐに行く』

塔の西の街道付近、あの辺りか。よし、試すなら今だ。

俺は目を閉じ、意識を集中させ、今まで実戦で使ってこなかったあるスキルを発動させた。

「【千里眼《せんりがん》】！」

ミミルをテイムした時にストックされていたスキルの一つ【千里眼】。

使えば使うほど見通せる距離が延びていくのだけれど、一度使うと十五分くらい視界が馬鹿になってしまう。ものが何重にもなったり色彩がおかしくなったりしてしまい、どうにも使い勝手が悪くて今まで使わないでいたスキル。

今の状態で見通せるのは五キロ程度だが、今回の応援要請があった場所までは余裕で見えるだろう。

意識をベンピリアがいるだろう方角へ集中させると、瞼の裏に浮かぶ景色がぐんぐんと通り過ぎていく。

「いた！」

ほどなくして大きな岩の上に陣取り戦っている五人組を視界に捉えた。あれがベンピリアだろう。

二人が酷い怪我をしており、どうやらそれで動けずにいるようだった。

ベンピリアの一番近くにいるのは――

「こちらアダム。【アルレ】のダル、聞こえるか」

『ん!? あ、ああ聞こえてる。どうした？』

「アルレがベンピリアに一番近い。応援に行けるか？」

『さっきの奴か。行けるには行けるが――』

「なら頼む。道案内は俺がやる」

『分かった！』

「まずは――」

アルレのパーティは六人構成、全員A級で近中遠のバランス型だったはず。

【千里眼】で敵の薄い箇所に上手く誘導すれば、さほど戦闘をせずに辿り着ける。

『おお！　すげぇ！　なんで分かったんだ!?』

ダルが疑わずに俺の指示を聞いてくれたおかげで、アルレ一行は大した消費もなくベンピリアのもとに辿り着いた。

そこから俺がまた指示を出し、敵の薄い所を通らせてこちらに合流する事が出来た。

魔道具を使い応援が必要な所、孤立している所、重傷者がいて動けずにいる所を探しては救助を構成して応援に向かわせた。

帰って来た人達から聞いたが、どうにも戦況は芳《かんば》しくないようだ。

こちらの消耗が増えるだけで、これと言った打開策が見つからない。

テロメアは皆の盾になって攻撃を受けまくっていたそうだが、彼には【自己再生】のスキルがあるので動く要塞と化していたそうだ。

『面目次第もございません』

「いいよ。よく頑張ってくれた」

『は！』

鬼岩窟でテロメアを勢いでテイムした時は、使い所が中々ないと思っていたけれど、なんだかんだで結構使っている気がする。


――サーヴァント：テロメアが【アシュラ】から【金剛不獄明王《こんごうふごくみょうおう》】に進化しました。


今⁉　急すぎるな⁉

「あぁもう！　皆、ちょっとテロメアが進化するから驚かないでくれよな」

モニカに続いてテロメアか。きっとこの戦場で敵を倒しまくったおかげなんだろう。

「へ？」「進化？」「テロメア様が⁉」

『おお！　力が溢れてきますぞおぉぉおお！』

跪いていたテロメアがわなわなと体を震わせると、その体が淡い乳白色の光に包まれた。

進化は一瞬で済み、光の中から雰囲気が少し変わったテロメアが現れた。

「おお、これが進化……」

「私初めて見た～」

見た目に大きな変化はないが、さらに強さとタフさに磨きがかかったようだ。

「ぐあ……！」

【千里眼】を解くと、目の奥がズキリと痛み、反動で視界がどんどん悪くなっていく。

「ごめん、ちょっと休ませて欲しい」

「あぁ！　アダムはしっかり休んでくれ！　ここは俺達とテロメアさんに任せておけ！」

「ありがとう」

岩陰に腰掛けた俺は、皆の言葉に甘えて目を閉じた。

◇　◇　◇

「ミミル、賭けをしませんこと？」

「何をじゃ、リリス？」

数多くの敵が蠢く戦場に降り立った私とミミルは、背中合わせに言葉を交わします。

「この戦いで敵をより多く倒した方がアダム様との一日デートの権利を得る、というのはどうかしら？」

「ほう……？　お主がそんな事を言い出すなぞ珍しい。明日は槍の雨でも降るんかいの」

「勘違いしないでいただきたいわね。別に貴女にアダム様を譲るつもりはありませんの。ただ敵を薙ぎ倒してもつまらないでしょう？」

「なるほど。余興というわけじゃな、いいじゃろう。その博打、乗ってやろうではないか」

「うふ。せいぜい頑張ってくださいな？」

私はクスリと微笑んで指や首の関節をコキコキと鳴らします。

対してミミルは口角を大きく上げ、牙を光らせて笑っておりますわ。

「それでは、スタートですわ！」

ゴバッ！　と地面が弾け、疾風のように私達は駆け出しました。

「鬼ロリには！」

「トカゲ色情魔には！」

「「ぜえええったい負けない！」」

私は拳に闘気を纏い、スピードに乗せて一直線に打ち込みました。

なんの種類かも分からない謎のモンスターの群れは、数十体纏めて吹き飛び、辺り一面にモンスターの臓物と血の雨がバラバラと降り注ぎます。

ミミルは両手に握った斧を振り回し、上下左右気の向くままに斧を飛ばしておりますわね。

ただそれだけで射線上にいるモンスター達は成す術もなく切り刻まれていったのですわ。

「三百十四体目ですわ！　おーっほっほっほ！」

「なんの！　妾は三百二十五体じゃあ！」

「盛るのは禁止ですわよ！」

「盛っとらんわ！　あほう！」

「ぐぬぬ！　負けませんですわー！」

さらに数を増やそうと意気込んだその時、風を切るような音を捉えて、咄嗟に掌をその方向へ向けます。

バチィン！　と音を立てて弾かれたソレを見て私は苛立ちました。

「今のは龍族にのみ使える技ですわ。ヤシャの軍勢に龍族が加担している……？　いえ、そんなはずはありませんわ。プライドの塊のような龍族が半端な鬼もどきの手助けなんてするわけない。だとしたらなぜ？」

考えに耽っている間も敵の攻撃が止まる事はなく、先ほどの遠距離からの攻撃も止んでいません。

全てを片手間に弾き、躱し、殴り倒し消し飛ばしていきます。

敵からの間断のない攻撃も見切るのは容易。こんな攻撃、児戯に等しいですもの。

「あれこれ考えるのは性に合いませんわね」

「どうした？」

付かず離れずで戦っていたミミルが、私の様子を察して背後に立ち、首を傾げました。

「龍族がいるかもしれませんわ」

「そりゃないじゃろ。どう考えても、龍族がこんなつまらん戦いに助力するとは思えぬ」

犬猿の仲ではありますが、ミミルは龍族の事を少しは分かっているようですね。

「……言い方にはちょっとトゲがありますけれど、分かってくださって光栄ですわ。ですが、先ほどから龍族ならではの攻撃がチマチマ飛んでくるんですのよ」

「あぁ、妾にも飛んで来たのう。はじめはてっきりお主かと思うたがの」

「不意打ちなんてずるい真似いたしませんわ」

「知っておるわい」

「ですのでミミル、大本を倒しに行きますわよ」

「あいあい」

私とミミルは肩を並べ、突風を纏って光弾の射出元へとひとっ飛び。もちろん動線上にいる有象無象を滅しながら。

「いましたわ！」

「……なんじゃアイツは」

「ドラゴン……ではないようですわね」

私達の視線の先には、到底普通の生物とは言えない異形が二体、立っていました。

異形は鬼の顔を持ち、胴体には四本の腕が生えており、オーガを彷彿させるほど筋骨隆々。臀部《でんぶ》からは二本のドラゴンの首が生えています。

「ありゃあ……なんじゃ」

「……恐らくは何かしらの方法でドラゴンの力を得ているんですわ。あの尻尾からは純粋な龍族の力を感じますから」

「ほほう？　しかし、アレじゃな、見てくれはヤシャを模倣したような感じじゃのう」

「言われてみれば確かにそうですわね」

二体の異形は、私達が近づいてからは動かずにこちらを見るばかり。

「……待ったぞ。この時を」

「許すまじ仇敵よ」

すると、二体が不快な声で喋り出しました。

「こいつら喋りましたわ」

「少なくとも他のモンスター共よりは知能が高いらしい」

異形は立ち尽くしたまま鬼の顔を憎悪に歪ませております。

「仇敵って、どなたかと勘違いしておりますが、どなたでしょう。私は貴方がたのような化け物に知り合いはいませんわ」

「妾もじゃ」

こんな不気味な奴、一度見たら忘れませんもの。

「そこの幼女はどうでもいい。忌々しいリリスなる女よ！」

「我らの手で滅ぼし我らの血肉としてやろう！」

異形の二体は、大声でそう言うと互いの掌を合わせて、体から激しい闘気を噴出しております。

「「合体！」」

互いを取り込み、補い合い、形状を変化させていく二体の異形を見つつ、ちょっとした違和感を覚えました。

違和感はただ一点、臀部から生えてのたくるドラゴンの首。そこから僅かに知った匂いがします。

「……嫌ですわね。敵の一部が同族とは」

「随分とお優しいんじゃのう、龍のお姫様よ」

「貴女みたいな野蛮な種族じゃありませんの。どうせ貴女達鬼族は、戦いこそ至高とか、そのような戯言を妄信しているのでしょう？」

「んぬ……まぁ、否定はせぬよ」

「知っていますわ。なんにせよ、そろそろ合体が終わる頃みたいですわね」

敵は形状が変わり、身長は十メートルを超える巨体となり、腕は十二本、胴体はムカデのように変化し、足と呼ぶべき所には人間の腕が生えて地面を掴んでいます。

尻尾となるドラゴンの首は六つに増えており、それぞれが意思があるかのようにうねり大きな口を開けていますわ。

「なんとまぁ……」

「貴方、質量保存の法則ってご存じ？」

合体を終えた異形のあまりの大きさに、ミミルもポカーンと大口を開けて見上げております。

「『これこそが進化！　称えよ崇めよ！　そして絶望と後悔と苦痛の波に呑まれるがいい！』」

異形はそう叫び、全身から禍々しい力を噴き出しました。

「盛り上がっている所申し訳ないのですけれど、先ほど言ってらっしゃった仇敵とはどういう事ですの？　それだけははっきりさせていただきたいですわ」

「「そうだな。ならば冥土の土産に教えてやろう！　貴様らはアダム、そしてモニカが所属する冒険者パーティの一味だろう？」」

「そうですけれど、それが何か？」

「「貴様らがした事を忘れたとは言わせん。貴様らのせいで我がギルドは壊滅し、全ての計画が水の泡になったのだ！　ククク……だがな、天は我らを見捨てなかった。ギルドが壊滅して路頭に迷っていた時、啓示を受けた……司教となりヤシャ様のために粉骨砕身せよ、とな。その時残っていた二つの席が我らの座となり、数十年ぶりに八司教が揃ったのだ」」

「ギルド壊滅……？　まさかとは思いますけれど貴方がた、王都の闇ギルドの方々ですの？」

異形の言葉を聞き、少しの逡巡の後、私はほぼ確の答えを導き出しました。

「「そうだ。我ら闇ギルド総帥ミヤと、闇ギルド傘下が一つ暗殺ギルド総帥クジャ！」」

「へぇ？　ミヤは存じていますけれど、クジャとかいうのは存じませんわね。ですが、ミヤはモニカがちょっとお仕置きをしてアレな感じで監獄行きになったはずですが」

「「ククク、ミヤ様はこのクジャがお助けした。看守の目を盗み予め用意した死体とミヤ様を入れ替えたのさ」」

合体し、一つの巨大な肉体になりましたが、この会話から意思は二人ともしっかりと残っているようですわね。

「……で、貴方がたの目的は？」

何をどうこうした、など私は一ミリも興味がありませんわ。

「我らのギルドを取り戻すのだ。王国は我らなくしては成り立たない‼」

「はぁ、とんだ戯言ですわね。どうしてこう頭の中がお花畑なのかしら。王国は貴方がたの所有物ではありません、アダム様の所有物です」

あれだけぶちのめされたのに、何も分かっていないようですわね。この世の全ては、森羅万象の王たるアダム様のものだというのに。

「何を言っているのか分からんが……良い鬼もいれば悪い鬼もいる。人間とて一緒のようじゃなぁ」

「そうですわね」

ミミルの言う良い鬼という基準が分からないけれど、彼女にとっても不愉快なのだというのは伝わってきますわ。

「『その余裕、いつまで持つかな？　この体には様々なモンスターの細胞を取り込んでいる！　あの最強のストームドラゴンの細胞もな！』」

最後の言葉に私は反応せずにはいられません。違和感を覚えたのはそういう事でしたのね。

「さて、ではミミル！　行きますわよ！」

「は？」

「合体しましょう！」

「はぁ？」

「アダム様が仰っていましたわ！　私とミミル、一つ一つは小さな火だが、二つ合わされば炎となる……今こそ私達は炎となるべきなのですわ！」

「むぅ!?　なるほど！　さすがは主様よ！　ゆくぞリリス、合体じゃ！」

「はあああ！」

「ぬぉおお！」

私とミミルが互いに闘気を噴き出し――

「やはり……無理、ですわね」

「じゃろうな」

ノリでやってみたもののやはり無理でしたわね。ミミルは悪戯がバレた子供のような笑みを浮かべています。

傍から見れば絶体絶命のピンチの中で、危機感なくふざけ合う私達。

こちらを見ていた異形は、しばらく硬直した後に体をぷるぷると小さく震わせ始めました。

「「ふ、ふざけやがってえええ！　舐めてんのかてめぇ！　お前らはこれから死よりも恐ろしい恐怖を味わう事になるんだぞ！　我らとヤシャ様には勝利の道しか示されていないのだ‼」」

「あ？」

喚く異形を睨みつけると、異形はビクリと体を硬直させます。

「「ば、馬鹿な……！　この神に最も近い我らが恐怖するなど！　断じてありえないのだ！」」

「あら、どうしたのかしら。そんなに大きくなっても中身は小物のままなのかしら？」

「「黙れ黙れえええええ！」」

自らが恐怖したという不名誉な事実を押し潰すかのように、異形はその腕を振り回し、拳の連打を私へと放ちますが……

「あの時のお首、結局持ち出されていて、それを貴方がたの細胞の一部として利用された、と」

数十発は打ち込まれたはずの巨拳、それを全て紙一重で避けてみせ、変わらずの口調で淡々と詰問していきます。

「「な、馬鹿、な……！」」

「そういう事でよろしいですわね？」

腹立たしい。

あまり怒りを感じる事のない私ですが、これればかりはどうにも許す事が出来なそうです。

誇り高き龍族を、たとえそれが一部だとしても、こんなくだらない事に使われている事が許せません。

プライドの塊である龍族、それは私も例外ではないし、何しろ私は龍族の――幻獣界のトップである王の娘、王女ですわ。許せるはずがないし、許してはならない。

「これは断罪。ジャッジメントですわ！」

怒りと悲しみのままに、私は腹の底から声を出し、宣言します。

「リリス！　アレをやろうぞ！」

「えぇ！　よくってよ！」

私とミミルはその場で大きく跳躍し、くるくると回転します。

何かあった時に備え二人で考えていた合体技。一つの乱れもなく揃う龍と鬼、相反する種族のワルツ。

互いの背中を預け合い、飛び蹴りの恰好を取った私達は、そのまま敵の群れの中に勢いよく飛び込みます。

「「スーーーパーーーー！」」

「ドラ！」

「オニ！」

「「スパイラルアタアーーック！」」

手からエネルギーを出し、落下速度をさらに上げていきます。

爆発的な加速を得た飛び蹴りは、圧倒的破壊力で敵の群れを一瞬で消し飛ばします。

揃えた足先に触れた者は跡形もなく消え、触れずとも私達の周囲の敵も、動線のそばにいた敵も刹那に消し飛んでいきましたわ。

数分地上を滑るように駆け回った私達は地に足を付け、拳から出していたエネルギーを収束させていき、最大限にまで蓄積させたそれをさらに圧縮。

日輪の如く白い輝きを溜めるは私、月明かりに照らされる夜空のような紫紺の煌めきを拳に宿すはミミル。相反する私達を表現するような白と紫紺の拳。

「ダブル！」

「ドラオニック！」

「「スフィアブレイク‼」」

限界まで溜め込んだその双極のエネルギーが解放され、周囲の空気をも爆発させながら敵の群れへ突き進み、最後に大きな爆発を起こしました。

「「そんな……馬鹿な……！」」

五百体はいたモンスターは全滅しており、異形の顔には焦りと恐怖が色濃く浮かんでいますわ。

「「く、来るな！」」

私は異形を睨みつけ、ミミルは不敵に笑って異形を見つめております。

「「お前らは……一体なんなんだ……」」

「どうせだから教えてあげますわ」

「いいんかえ？」

「構いませんわよ。だって、生きて帰れるわけがないのですからね」

「くかか。間違いないわい」

私とミミルは腕を組み、顔を見合わせてから、それぞれ名乗りました。

「私は幻獣王バハムートエデンの娘にして第一王女、リリス・アウレアハート・バハムートエデンでございますわ」

「妾はミミル。鬼王ウトガルドが娘、ミミル・レッドデッド・ウトガルドなり」

決まった。この完璧な名乗り、凛々しすぎる私達、最高に決まりましたわ。

「「は……はぁ……!?　ありえん！　幻獣王だの鬼王だの！　そんな存在は御伽噺《おとぎばなし》の世界だろうが！」」

異形はみっともなく、ずりずりと後ずさり。

「嘘でもないですし」

「冗談でもないんじゃがのう」

「「お、お前らが仮にそうだとして、あのアダムという男はただの人間ではないか！　ただの人間に傅いているというのか！」」

この期に及んでアダム様をただの人間などと。救えない奴ですわ。

「そうですわ？　あの方はお前のような下等な存在が手を出して良い存在ではないんです。それに、アダム様は私の旦那様となるお方ですから。キャッ言っちゃった」

「同じく妾もあのお方に操《みさお》を立てた身。下劣な貴様が気軽に名を呼ぶでない」

「「嘘だ……嘘だ嘘だ嘘だ！　そんなのってない！　聞いてないぞ！」」

見上げるほどの巨体と化け物の集合体のような見た目をした異形が体を抱え、フルフルと小刻みに震えていますわ。

人を捨てた獣ゆえか、獣が感じる第六感の恐怖に打ちひしがれ、動けないのでしょう。

「今までの強気は一体どこにいったのかしらね？」

「無様じゃな」

「「やめろ！　そんな目で我らを見るな！」」

ただの小物で元々歯牙にもかけていませんでしたが、戦意までもなくしてしまったのなら、向かい合う価値すらないですわね。

「もういいですわ、所詮は小物、小物が何をした所で小物ですもの」

「そうじゃな。もうしまいじゃの」

構うだけ無駄。ミミルも同じように考えているようですわね。

「ミミル、ここは私にやらせてくださいませ」

「構わんよ。妾のメインはヤシャじゃからな。ヤシャは妾がやる、そこは譲らぬよ？」

「いいですわ。それではええと、お二方。さようならですわ」

私は異形を見つめ、【ドラゴプリンセスモード】へと変身。こんな小物相手には不要な力ですが、スカッとするためにもここは全力でやらせていただきますわ。

「奇しくも貴方がたの闇ギルドを潰した時もこの形態でしたわね……貴方は既にモニカに倒された後でしたけども」

「「ま、まさか本当に……ドラゴンプリンセス……！」」

「宿れ日輪、踊れ炎、私に仇なす怨敵を永劫の彼方まで滅ぼせ――」

「【ドラゴニックメテオリット】！」

天高く舞い上がった白銀の闘気は美しい龍の姿へ変化し、ただそれを見上げる異形へと襲いかかっていきました。

第九章　天才と天災

私はスウィフト、史上最年少でS級冒険者になった天才剣士。

そんな私の目の前には巨大な異形が立ちふさがっていた。

相対しただけで分かるその強さに、胸が高鳴り、剣を握る手にじっとり汗が滲む。

弾けた塔の頂上から、突如巨大な異形が飛び降りてきたと思えば、前線を張っていた者達を一気に弾き飛ばしてしまった。

王都を襲ったストームドラゴンほどの巨大さではないけれど、その異形が放つ圧倒的存在感と絶対的強者のオーラは、その場にいた者達を震え上がらせた。

頭部にはドラゴンのものと思《おぼ》しきねじくれた角、筋肉ではち切れんばかりの胴体、そして芋虫のような下半身からは何本もの人の腕が生えて地面を掴んでいる。

臀部には四体のドラゴンの首がうねり、大口を開けて火球を飛ばしている。

「防壁魔法使える奴全員で重ね掛けだコラあああ！　防がねぇと俺達消し炭だぞ！」

「俺、この戦いが終わったらプロポーズするつもりだったのにいいい！」

「馬鹿野郎！　死亡フラグ全力で立ててんじゃねぇよ！」

あちこちから、冒険者達の声が聞こえてくる。

火球は着弾した地面に大きなクレーターを作り、その衝撃で周囲の兵達は吹き飛ばされている。

戦場のあちこちに魔法攻撃を弾く障壁が張られているが、障壁まで間に合わずに炭になる者もたくさんいた。

「我らは鬼獣教八司教ミストラルとイディオ。愚かな下々に神の救済を」

「しゃらくさい！」

そう言って、敵の前に飛び出す。

「あんたなんてこのスウィフトちゃんが救済してあげちゃうんだから！」

「円舞刃サスガ、参戦いたす」

「パネェ登場〜ねぇ怪物ちゃん。アタシと飛び道具対決しちゃう？」

冒険者ギルドが誇る私達S級冒険者三人は、少しの恐れも焦りも見せぬまま、巨大な異形の前に立った。

「愚かなヒトよ。人たる殻を捨て、我らの救済を受け入れよ」

私の剛剣が翻り、サスガのチャクラムが舞い踊り、パネェの魔法翼が刃となって撃ち出される。

異形はそれらを撫でるように爪でいなし、襲いかかる翼の刃を全身で受け止める。

その圧倒的な防御力を前に歯噛みするが、強者との戦いに高揚する自分もいる。

「やばーい！　楽しいねえ！」

「圧倒的強者に挑むこの感覚、久しく忘れていたな」

「血沸き肉躍り、肉を切らせて骨をたーつ。っとぉ」

サスガとパネェもそれは同じみたいだ。

無差別に放たれていた火球を私達に集中させ、他の冒険者達が後退出来るよう間断なく攻撃を仕掛けていく。だが、異形は、圧倒的強者の立ち振る舞いで私達をあしらう。

「『救いを一つ。愛ゆえに』」

「つがはっ⁉」

「パネェ⁉」

異形が振り下ろした拳が、宙を舞っていたパネェに直撃し、パネェはそれだけで意識を刈り取られ彼方へと殴り飛ばされた。

「『まずは一匹』……クフフ。やばーい、楽しいねぇ」

「私の真似！　すんなっ！」

連撃を放ち斬撃を飛ばすも、異形は避けもしない。直撃を食らうも傷一つなく笑い、サスガの放つ、魔力で強化した巨大チャクラムを爪で軽く弾いては笑う。

もはや戦闘とは呼べない圧倒的な力の差。私もサスガもそれは理解しているが、それでもギルド最高戦力である自負を背負って挑み続けるしかない。

もう一人のS級であるゴイスーは、少し離れた所で数十の敵を一手に引き付けており、そのおかげで冒険者は私達の援護に回る事が出来ていた。

戦闘からパネェが退場して十分か二十分か、ここでサスガが拳のラッシュを食らい地面に叩きつけられた。

私の方もぼろぼろであり、既に戦える体ではない。

「やばー……ごほっ、がはっ……まだ嫁入り前なのにさぁ、酷い事するねー……がはっ！」

内臓をやられたのか、盛大に吐血しながらも軽口を叩いてみるが、痛みは消えてくれない。

「どうしよ……私一人でどうにか出来るもんじゃないよこれ。兄ちゃん、早く来ないかなぁ」

「『か弱き人の子よ。どうだ？　ヒトを捨て我らと共に新世界を目指すというのであれば――』」

弱気になっている事を悟られるなんて、私もまだまだだ。でも。

「嫌でーす。私は人間のままでいいでーす。恋もしたいしー美味しいものも食べたいしー強くてかっこいい旦那さん見つけて結婚しておばあちゃんになって孫に囲まれて死ぬんでーす。だから、ここじゃ死ねないんだよ！」

どうにか足に力を入れて身の丈以上の大剣を構え、死の恐怖を跳ね飛ばすべく気合を込める。

「大海を割り天をも貫け、山を両断し平野と化せ、煌めけ白刃、無限の剣線となり数多の蛮頭《ばんとう》を跳ね飛ばせ！　【流星千光刃《るせいせんこうじん》】！」

私は今使える最強の技を放つ。凄まじい暴風の刃が無数に異形へと向かっていく。

「『ククク……礼を言う』」

が、全て受けきった異形は誇らしげな声でそう言った。

効いてない……絶望が私を支配し、気力で保っていた姿勢が保てない。

私の奥義ともいえる技、【流星千光刃】は満身創痍の体で放つには反動が大きすぎた。

「もー無理ぃ……さすがにアレで傷一つないとか……私自信なくしちゃうって……」

「『哀れな者よ。そろそろ終いにするとしよう』」

誰に向けて呟いたわけではないが、返ってきたのは異形からの腹立つ言葉だけ。やだなぁ、私死にたくないんだけど……

「『お前は強い、人の身でありながらな。だから、お前の血肉と力と魂は我らが丁重に利用してやろう。使徒への進化は出来ずとも、強き兵にはなれるだろう』」

「あーそうなる……？　出来れば可愛くして欲しいなぁ～なんて……」

岩のような掌が私の体を掴む。

私の体はぎりぎりと締め付けられていき、腕の骨がゴキゴキと砕ける音が聞こえた。

痛い……痛いとかそういうレベルじゃないって……ねぇ神様……お願い、私がお願いなんて珍しいんだから……助けて……神様じゃなくてもいいからさ……誰か、助けて、死にたくないよぉ……

体中から骨の軋む音が聞こえ、激痛に襲われて霞む意識の中で私は祈った。

幼い頃から自分の力だけで生きてきた私は神なんて信じていない。

でも、死の間際、生にしがみ付く私は祈らずにはいられなかった。

頬を伝う涙は痛みからなのか、悔しさからなのか。消えかける意識の中で私は聞いた。

「その子を放せ紛《まが》い物《もの》！」

「『なんだ⁉』」

声と共に異形の手が何者かに切断され、握られたままの私もろとも宙を舞った。

千切れ飛んだ腕はさらに切り刻まれ、掌にいた私は放り出されたが、その体はふわりと柔らかく受け止められた。

「もう大丈夫よ？　【フルケア】」

「あ……？」

柔らかくとてもいい匂いのする手は温かく光り、死の直前にいた私の体をみるみる癒していった。

それは普段見る回復術とは全く異なる光であった。

「おねーちゃん、こっち、隠れてろってぱぱが言ってた」

「いい子で大人しくしてるのよ？」

「はいまま！」

完全回復した私は、わけの分からぬまま、少女に手を引かれて戦線を離脱した。

……なんだか分かんないけど助かっちゃった。ありがとう神様、これからはほんのちょっとだけ君の事信じてみるよ。

少女に手を引かれながら、私はそんな事を思う。

肩越しに後ろを見やると、旅人風の男が異形と対峙している所だった。

圧倒的な力を持つ異形だったが、今はなぜか謎の男の方が圧倒的強者のような気がしてならない。

私は近くの岩陰に隠れて行く末を見る。

「さて。外野がいなくなった所で――」

「「ふんぬ！」」

旅人風の男が口を開くが、そこに異形の拳が突き刺さる。

爆発音にも似た衝撃音が辺りに響くが、当の男はそよ風にでも吹かれたかのような涼しい顔をして立っていた。

異形は自分の拳が掌一つで止められているのを見ると、その体を震わせた。

「こざかしい真似を……魔道具か何かか？　貴様からは濃密な魔力の匂いがするな」

「魔道具？　ふん。そんな人間の道具なぞに助けられるほど我は脆弱ではないわ。それより、聞きたい事があるのだがな？」

拳を止められた事を怒っている異形に対し、男は平然としているようだ。

「随分と偉そうだな？　しかし、それも自惚れではなさそうだ」

「聞いているのはこちらだ。貴様は答えを述べればよい。して、なぜ――我らの娘の気配がそこら中から感じられる？　もちろん、貴様のその醜い体からもな」

「娘だと？　ふん。知った事か。どこで殺したどの人間の肉を使ったなぞ覚えていないわ」

「誰が人間だと言った？　我が言っているのは――ドラゴンの事だ！」

静かに話していた男の口調が激変し、憤怒が色濃く浮き出る。それにしても、娘がドラゴン？

そして男の姿が消えた。

「がぁっっ⁉」

豪快な拳の一撃が大気を揺るがし、異形の巨体が宙に浮いた。

男がもう一度拳を叩き込めば、異形はさらに上へ打ち上げられた。

そこから目にもとまらぬ連撃を入れられ、異形は上空から地面に叩きつけられた。

「……な……ぐぅ……」

「喋る気になったか？　虫けらよ」

「「なぜ……だ……」」

「それはお前が弱いからだよ。この我よりもな」

Ｓ級の私が歯が立たなかった相手を前に、男はそう言い放った。

「「認めん……認めんぞおおお！　私は、我は、八司教二人が合わさり進化を遂げ、新たな神へ至るはずなのだ！　こうなれば……【骸衆躯全《がいしゅうくぜん》】！」」

「何――」

異形の体が黒く光り、その光は粘液のように周囲に広がり始める。

黒い粘液は触手のようなものを無数に伸ばし、周囲にいたモンスター達を捕らえ、吸収していく。

「何をするかと思えば……乞食《こじき》のような奴め」

周囲にいた数百のモンスターは、全て黒い粘液に取り込まれていき、それを吸収した異形の体が不快な音を立てながら肥大化していった。

「「ががが！　ごガアアアあぐルルるァァアア！」」

「ふん。人でも獣でもない、不完全で歪《いびつ》な存在だな」

肥大したその全長はおよそ百メートル。

あまりの大きさと存在感に不安、悲しみ、絶望という負の感情がさらに色濃く濃密になっていく。

そのタイミングを図ったかのように、暗黒塔マリスが再度不協和音のサイレンを響かせた。

「ふむ……あの塔の上に……いるな。あれはなんだ？　鬼、いや違う。獣鬼か――しかし、この気配はそれ以上のもの……一体あそこに何がいる？」

男は目の前の異形の変化を気にも留めず、塔に視線を向けている。

「「じゃマはさせんZOおおおぉォオ！」」

百メートルの巨体が振り下ろす拳は、天から降り注ぐ隕石の如き勢いで男へ叩きつけられた。

さすがの男もこれを受けるわけにはいかないのか、素早く身を翻し、バックステップで距離を取った。

「まぁいい。さっさと終わらせる！　行くぞお前！」

「はい貴方！」

いつの間にか男の横には美麗な女が寄り添っていた。そして二人は手を取り合い、力強く空へと跳躍する。天高く飛び上がった二人はピタリと空中で静止した。

その背中には大きなドラゴンの翼が生え、力強く羽ばたいている。

男と女の闘気はぐんぐんと練り込まれていき、その濃度は二人の周囲の空間を歪ませるほど。

明らかな異質、明らかな異常。

異形は目の前で起きている事が信じられないという顔で固まり、さっきの私のように地に足が縫い付けられてしまったのか動けないみたいだ。

「「き、貴様ら何者だ！」」

異形が精一杯の気合を込めて放ったその一言に、二人の瞳がギラリと光った。

「この姿を見て知るがいい！　変身!!」

二人の周囲が陽炎のように揺らめき、目が眩むほどの光が発せられた。

「「ギャオオオオオオゥウウー！！」」

光が消えた瞬間、そこに巨大なドラゴンが現れ、ズドン！　という音と共に地面へ降り立った。

「グルルルゥウウ……」

「グロロロゥ……！」

「「ば、馬鹿……な……！」」

全長百メートルはある異形、人であれば見上げてしまうほどの巨大さ。

しかし、異形を挟み込むように着地したそれは、五十メートルはあろううねる大河の流れのような極太の尻尾で地面を撫で回す。二体のドラゴンは異形より大きく、その体を見下ろしていた。

「お、終わった……」

その様子を見ていた冒険者達は、目の前に広がる絶望を直視して膝を落とした。

「……大丈夫だよ。あれは、いや、あのドラゴン達は――きっと兄ちゃんの友達なんだよ」

ぼろぼろになった衣服のまま、同じくぼろぼろの大剣に身を預けながら私はほぅ、と小さくため息を吐いた。

ストームドラゴンに王都が襲撃された時、兄ちゃん達がその背に乗ってどこかへと飛んでいき、帰って来たと思えば和解をしたとの報告。

それを聞いた私は当然驚き、そんな馬鹿な話があるわけないと猛抗議をしたのだ。

しかし、ギルドは一件落着の一点張りであった。

もしあれが本当の事なら、あの男はとんでもない存在を味方につけたものだ。

「マジヤバーぃ。世界でも征服する気なん？　兄ちゃん」

「「ギャオオオォォ！」」

一体でも災厄級の生物で、国一つ簡単に滅ぼしてしまえるほどの力を持った絶対強者。

それが二体。

怒り狂った二体のストームドラゴンは、その巨岩のような拳に全力の魔力と闘気を込め、異形に叩きつけた。

異形は一切の抵抗も断末魔の声を上げる事も許されず、二つの拳に圧殺され、とどめに二体のブレスで焼却され跡形もなく消滅した。

断末魔の悲鳴も慟哭も恨み節も、何一つ言えぬまま一方的にすり潰されたのだ。

「うっわー……私やパネェさんらがあんだけ手こずって死にかけたのになぁ、一撃で仕留めちゃうんだもんなぁ、自信なくしちゃうなぁー」

「「グルルル……」」

結末を見ていた私は、引き攣った笑いを浮かべる。自信も何も、比べる対象が間違ってるかと思い直し、口先からブレスの余韻をちろちろと灯らせている二体のストームドラゴンを改めて見た。

「それで――まーさかこっち来る……？　え、ガチ？　ちょ、嘘じゃん待って待って待って！　そのままじゃマズいって！」

ルルル、と静かに呻くストームドラゴン二体はズシンズシンと大地を揺らし、ゆっくりと私の方へ歩み寄ってくる。

しかし、その目に敵意の色は感じられず、安心しろ、という意思すら感じられた。

だが実際の所、あの化け物を一撃で葬った言葉も交わせぬ存在がゆっくりと迫ってくるのだ。

恐怖を覚えずにはいられない。私でそうなのだから、他の冒険者達はその比ではないだろう。

現実逃避する者や生きる事を諦めた者が多い中、二体のドラゴンは眩い光に包まれていった。

「すまない。驚かせてしまったようだ」

「皆様お怪我はありませんか？」

場の空気を察したのか、ストームドラゴンは人間の姿に変身し、ゆっくりと近づいて来た。

「あぁ……えぇーっと……さ、さっきは助けていただいてありがとうございます……」

「あらあら、いいのよ」

何が起きたのか理解が出来ずに固まる皆。私はなんとかお礼を述べる。

女性の方は口に手を当ててお上品に受け答えをする。

「し、失礼だが……あ、あの貴方がたは今、その――」

ようやく喋れるようになったのか、その場に居合わせた軍の将校らしき男が、近づいて来た男性に怯えながらも問いかける。

「あぁ、申し遅れた。我はエスクード。種族は見ての通り、ストームドラゴンだ」

「私もストームドラゴンで、エスクードの妻でございます。ヴィエルジュと言います。いつぞやは主人がお世話になりまして」

「はは……そ、そうでっで、でですか……」

エスクードが名乗り、友好の証に握手を求めると、将校はそのまま気絶、転倒してしまった。

「む？　どうした。どこか傷が？　おいお前、すぐに治療を——」

「あ、大丈夫ですよエスクード様。多分ショックで気絶しているだけです」

怪訝な顔をするエスクードの横から、私はにっこり笑顔で服の裾を引っ張り言う。

「そうか？　それで君は——」

「スウィフトって言います。一応Ｓ級冒険者——って言っても分かりませんよね。人間の中では強い方なんです」

自己紹介をするが、この人を前に強いというのはどこか恥ずかしい。

「なるほど。うん、確かに君は強いな。あの珍妙な獣に食らいついていたものな。だが、きっと君はもっと強くなれると思う」

「えっ⁉　本当ですか！」

「そうだ。どれ、我が少し手助けをしてやる。頭を出せ」

「ふぇ⁉　え、ちょ、マジ？　ストームドラゴン様のナデナデ？」

突然の展開に狼狽えるが、エスクードの掌が温かい光に包まれているのを見て覚悟を決めた。

「よ、よろしくお願いします！」

冒険者にとって出世であったり、儲けの話であったり、チャンスは多い。

しかし、そのチャンスを上手く掴めるかどうかはまた別の話。

その点私は自分の直感を信じており、その直感で様々なチャンスをモノにしてきた。

今回も私の直感がゴーサインを出していたため、すぐに頭を差し出したのだった。

「おお!? こ、これはわわわわ！」

エスクードに頭を鷲掴みにされ、なんとも間の抜けた声を上げてしまった。

ヴィエルジュはそんな私達を微笑みながら見守っており、その腕には私を引っ張ってくれた幼女が抱かれていた。

極めて戦場に似つかわしくない光景だが、ヴィエルジュは妖艶な美女であり、娘は天使のような可愛らしさで、二人を見る周囲の人間からは感嘆の声が零れていた。

そんな光景を横目に見ていると、撫でられた頭がぽかぽかと温かな何かに包まれた。

先ほどまで死とお見合いをしていたとは思えないほどのまったり感に、私はついついあくびをしてしまう。

「終わったぞ」

「はわ……ふあぁぁあ～……あ、ありがとうございましゅ」

「君の才能のいくつかを開花させておいた。さしずめ龍の加護といった所だな」

「りゅ、龍の加護!? やばぁ！ 超強そう！ え、まさか私超ラッキー？ だよねだよね知ってる知ってるぅ～！ きゃっほーい！ ありがとうございます！」

「よ、喜んでくれて何よりだ」

私のテンションの高さに若干の戸惑いを見せたものの、エスクードはどこか満足気でもあった。

「なんだかどえらい事になってるな」

「え？　あぁ、あれかぁ。確かに壮観だね。アダムさんが呼んだわけじゃないんだ」

治療に走り回っていたモニカが俺の所に戻り、ちょこんと横に座っている。

たった今、巨大な異形が超巨大なエスクードとヴィエルジュの二体に滅せられた所だ。

「ぶっちゃけさ？　あの二人がなんかあったら来てくれるって河川敷で言ってたんだけど」

「うん？」

「どこにいるかも分からないのに呼べないだろって思ってた」

「そうだったんだ……って事はあの時話してた人達がストームドラゴン一家だったのね。そうとは思わなかったよ」

「あぁ、二体のストームドラゴンが戦場に降り立つとか、事情を知らない人が見たら卒倒ものだろうな……はは」

「でも、あの二人が倒してくれたんだから結果オーライじゃない？」

「まぁな。とりあえず皆に事情を説明してくるよ」

はじめは固まっていた人達も徐々に正気を取り戻して、ストームドラゴンに一斉砲撃しようとしてるし。

「あ、あのすみません！　実は——」

どこか生を諦めた表情の皆様方に、俺とストームドラゴンの関係性を説明し、攻撃は中止になった。

リリスとミミルの奮闘で俺達の周囲のモンスターは一掃されたし、どうやら敵も無尽蔵ではないようで、塔から出てくるモンスターももういない。

晴れやかな笑みを浮かべるリリスと、相変わらずクールな微笑みをたたえるミミルが合流し、くり広げられた激戦を熱く語られた。

でもまさか、八司教にミヤが交じっていたとは、予想外すぎるだろう。

「伝令！　暗黒塔マリスの最上部より強大な魔力を確認！　さらに巨大な鬼のような——いえ、恐らくヤシャと思われる存在が動き出したそうです！」

ほぼ勝ち確モードで戦場のど真ん中で休んでいた俺達に、そんな報告が届いた。

「我はヤシャ。ヒト共よ、大人しく我の贄となれ」

重石《おもし》を何個も載せられたかのような重圧が頭の上から降り注いだ。声の主は、ヤシャだ。

「とうとうお出ましか」

「ですわね」

「全くもってトロくさいのう」

「でもアレを倒せば……全部お終いだよね」

「あぁ。終わらせよう」

リリスとミミルは見た所、怪我一つ――どころか汚れ一つないし、モニカも回復しているようだ。味方の兵士や冒険者も、モニカのおかげで回復していて士気も高まっている。俺も【千里眼】の副作用は既に消えた。けど――

「アダム。ちょっといいか」

「ん？　――って貴方は⁉」

俺の肩を叩き神妙そうに語りかけてきたのは、同じS級で大先輩の暴れ杭打ちゴイスーだった。

「挨拶が遅れてすまんな。まぁ、俺の事は知っているか――実は相談なんだが」

「なんでしょうか？」

「聖女モニカにより味方勢力の傷も癒え、士気も上がっている。だがこの戦い、俺達は明らかに力不足だと俺は思う」

「そうかもしれません……」

「お前も分かっているだろう？　先ほど出てきた巨大な異形二体、そのうちの一体はそちらのお二人が倒してくれたが……もう一体の方はスウィフトら三人がかりでも倒せなかった。それよりも強いであろうヤシャの相手など……悔しいが務まる気がしないのだ」

悔しそうに顔を歪めながらも、己の力を正確に把握して無茶をしない。それだけでも彼が優秀な冒険者であると分かる。

「そう……ですね。どうやら鬼獣教の奴ら――あの異形やモンスターもそうですが、あの暗黒塔によってパワーブーストされているようなんです」

「何⁉　そうだったのか……ではなおさら……」

「伝えるのが遅れて申し訳ありません。なので、ゴイスーさんの意見は正解だと思います」

「そうだよなぁ……悔しいが、仕方のない事だ」

ゴイスーは静かに自分の拳をきつく握りしめていた。

本当に悔しいのだろう。

「でも、何も出来ないというわけじゃないです」

「……気休めはよせ」

「気休めではありません。ヤシャとの戦闘は俺達で行います。ただ、伝承にある姿は約二十メートルですが、今の奴はそれ以上に大きい。先ほどの超巨大な姿になった異形の事もあります。警戒はしておくべきです」

「何が言いたいのだ？」

ヤシャと対峙する事だけが戦いではないのだ。ゴイスーにもまだやってもらいたい事はある。

「不測の事態――戦闘の余波で周囲にも何かがあるかもしれません、皆さんはその対処をお願いします」

「ふむ……ではこういうのはどうだ？」

さすがS級。経験値が違う。素早く思考を巡らし、すぐに案を出してくれる。

「なんです？」

「魔法職の奴らが全員でここら一帯を囲む防御ドームを張る。お前さん達はその中でヤシャと対決、使える奴は遠方からの攻撃魔法の援護、どうだ？」

「いいですね。ですが間に合いますでしょうか」

「間に合わせるさ。接近戦が得意な奴らもサポートくらいは出来るだろう」

「分かりました。では――お願いします」

「任せとけ！」

ゴイスーは俺と固い握手をして、すぐにどこかへと走っていった。

「よし。聖王龍鬼！　行くぞ！」

俺はヤシャを改めて見据えて、仲間達に声をかける。

「はいですわ！」

「おうさ」

「頑張るぞ！」

『『えいえいおー！』』

『及ばずながらこの我も！』

力強い皆の返事が今はとにかく頼もしい。拳を高く突き上げ、俺達は暗黒塔へと駆け出した。

「我を崇めよ……我を称えよ……我の贄共、その愚かな命を我に捧げよ。男は下僕に女は贄に、従属せよ戦慄せよ――我は不死の神、〝屍鬼《しき》〟ヤシャなり」

暗黒塔の頂点から赤黒い煙が周囲に広がり始め、空をどす黒く染め上げていく。

どす黒い空は紫色の稲妻を幾重も吐き出し、数本の雷撃が暗黒塔へ突き刺さった。

「ガロォオォオオオ！」

雷撃と同時にそこから巨大な塊が飛び出し、轟音を伴って地面に着地した。

「「集団合成高等防御魔法！　【護国城壁】　！」」

それと時を同じくして俺達とヤシャを囲むように、全方位から魔法障壁がドーム状に展開される。

「アダム様」

リリスに呼ばれて横を見ると、リリスがやけに真面目な顔をしていた。

「なんだ？」

「私、アダム様と共に戦えて光栄でしたわ」

「は？　なんだ？」

「主様や、妾もリリスの意見に賛成じゃ。ここまで共に生きてくれた事、誇りに思う」

さらにはリリスの隣にミミルが並び、何かを決意したような目で俺を見た。

「ごめんちょっと理解が追いつかない」

まるで別れの言葉のような言い方に、俺は驚いてしまう。

「んもう！　アダム様ったら！　そこは、俺も同じ気持ちだぜベイビー、とか言ってくださいましい！」

「ぐぬ、リリスにつられてしもうたが、そうじゃの、リリスの言いたい事は分かるぞ」

「え、何君ら急に息ピッタリじゃない？　何があった？　凄い仲良しじゃん」

「「仲良いわけじゃない！」」

「ほら息ピッタリ」

さっきの共同戦線が功を奏したのか、二人は妙に連帯感が強まっているように感じる。

「ほらほら、遊んでる場合じゃないぞ」

「しょうがないですわね！」

「とどめは妾じゃ、そこは譲らんからの」

そうかと思えば結局いつもの調子。でも今は、それがありがたい。

「気のせいじゃないと思うけど、私と似たような気配を感じるよね」

と、唐突にモニカが呟いた。

「どうせ沢山魂やら負の感情やらを食い散らかして、長年鬼獣教徒に祈られまくった結果、神もどきになってるんじゃありませんこと？」

「あーそれ当たってるかもね、リリスさん。確か……」

モニカがうんうんと頷いてから、頬に指を当て、記憶を引っ張り出そうとしている。

「えーっと、文献でね、長い間祈りを受けると神に近い存在に昇華して、通常では考えられないような力を発揮する事があるって、書いてあったよ。ほら、神獣とか神樹とかあるじゃない？　ああいう感じ。〝亜神《あしん》〟って言うんだって」

「亜神か。モニカの言う通りなら、二百年前に現れた時より力を増してると考えた方がいいな」

それにヤシャの後ろにそびえ立つあの塔の存在もある。

あの塔がヤシャの力を増加させているとか言ってたもんなぁ。

厄介な事この上ない。さて、どうしたものか。

周囲に展開している魔法職の方々は、ヤシャを刺激してはいけないと感じているのか、攻撃魔法などが飛んでくる気配は今の所ない。

「我の頭と尾を食らった鬼よ。今度は我が貴様を食らってやろうぞ」

「はん！　分かるんか！　じゃが、それはこっちのセリフよ！」

「矮小也。我ハ神也」

ヤシャの空気が変わり、膨れ上がった邪悪な気配が辺りに飛び散るように広がった。

「来るぞ！」

それが戦闘開始の合図だった。

「オオオオ！」

ヤシャがその体を持ち上げ、体に纏わりついていたもやを吹き飛ばす。

その姿は大方伝承通りの風体であったが、どうもパーツが所々、若干異なっている。

鬼と獅子を合わせたような頭と言われていた所には、人間の死体がいくつも折り重なり頭として組み上げられたようなものがある。

顔の表面はぐにぐにとナメクジが這い回っているかのように流動し、表情など読み取れない。

悪趣味極まりない事に、どうやらミミルに食われた頭を人間の死体で作り直したらしい。

巨大な蜘蛛の胴体には、蜘蛛の足などはなく、八本の鬼の手が生えていて、そのどれもが黒光りして鋼鉄のようにさえ見える。背中部分にはいくつもの穴が開いていた。

さらに、尻尾には、大蛇ではなくストームドラゴンによく似たドラゴンの首が九つ生えている。

「ちょっと伝承と違いすぎじゃないですかね……？　それにやっぱり五、六十メートルはあるんじゃないかコイツ」

若干異なるとか思ったさっきの自分を殴りたい。全然違うじゃねぇか。

「先ほどの異形といい、巨大化するのが流行りなんですのよきっと」

「なわけあるか！」

適当なリリスの分析にツッコむ間にも、目の前でむくむくとその巨体の全貌が顕わになっていき、俺の首はどんどん上を向いていった。

「ガァッ！」

ヤシャが吠えると同時に、背中の穴から多数の燃え盛る巨石が打ち出され、辺り一面に降り注ぐ。

その炎岩《えんがん》はドンドンドン！　と周囲に突き刺さった途端に大爆発を起こし、砕けた岩石がさらに放射状に放たれ襲ってくる。

「おい！　やばいぞこれ！　完全に無差別範囲攻撃だ！」

炎岩は落下と爆発を繰り返し、周囲に展開している味方の方にも無数に飛んでいってしまう。

飛んでいった先からは爆発音が鳴り、悲鳴が聞こえてくる。

「くっ！　モニカ！」

「ダメ！　範囲が広すぎる！」

「けったくそが悪い！　妾達を無視して周りから沈める気じゃな？」

「ちぇいさ！　あーもう！　鬱陶しいですわね！」

俺達も俺達で、無数に迫る炎岩を粉砕してはいる。

リリスとミミルは、味方に飛んでいく炎岩を処理してはいるが、連続で打ち出される数が多くどうしても何発かは逃してしまう。

それに全方位に向けて発射されているために、カバー出来ない部分が出てくる。

【護国城壁】を張っている魔法職達は、防御壁の向こう側にいるために被害はないけれど、攻撃魔法を放つために内側にいた味方は被害を受けている。

すぐに防御壁の向こう側へ退避しているようだけれど、被害のせいか動きが鈍い。

『アダム！　聞こえるか！』

『どなたですかね!?』

魔道具から聞き慣れない声がする。

『それは今はどうでもいい！　とりあえず攻撃隊は全員避難した！　すまん、この炎岩の雨の中じゃ援護が出来ない！』

『構いません。お気持ちだけありがたく受け取っときます！』

味方は全員避難した、もう周囲を気にする必要はない。

「皆！　もう周りを気にする必要はない！　全員撤退完了したみたいだ！」

「「「という事は？」」」

「メルトさん。ロクスさん。テロメアさん。こらしめてやりなさい」

『『わんわんお！』』

『御意！』

『ふんぐるなーむ！』

掛け声をかけると、三匹は炎岩の弾幕の隙間を縫いながらヤシャに突貫していった。

「リリスとミミルもゴーだ！」

「分かりましたわ！」

「死ぬのじゃ、ヤシャよ」

二人が気合十分にヤシャに向かって駆け出していく。

「モニカもいいぞ？」

「え!?　でも防御が――うん、分かった！　行ってくるね！」

モニカはその額にユニコーンの角を生やし二人の後を追った。

三匹と三人が一斉にヤシャへ飛びかかり、思い思いの攻撃を仕掛けていく。

ヤシャは炎岩の攻撃がもう意味ないと悟ったのか、腕や尻尾でそれぞれに対応し始めた。

と思ったのだが、次の瞬間には四本の腕は切り落とされて俺の周りに転がった。

「……あれぇ」

そして、さらに四本追加で落ちてくる。さらに四本。あれ、数が多くないか？

「こんのクソダボが！　腐っても鬼だという事かいのう！」

「なんですのこれ！　まるでスライムですわね!!」

頭上でミミルとリリスの悪態を吐く声が聞こえた。

ミミルは斧を振り回し、リリスは手刀でヤシャの腕を切断しているのだが、切った所からすぐに腕が再生していっている。あれは――恐らく鬼のスキルである【自己再生】だろう。

亜神となったヤシャの能力は、俺の想像よりも上のようだ。

テロメアが胴体に剛拳を打ち込んでも、少しよろめくだけで深いダメージは入っていないようだ。

『主よ！　此奴の体は衝撃を吸収しているみたいに効きません！　まるで巨大なゴム毬を殴っているようです！』

「なら尻尾に回れ！　メルトとロクスと協力するんだ！」

『御意！』

テロメアはすぐにヤシャの尻尾の方へ移動し、攻撃態勢をとる。

爆発したかのような爆音を響かせるテロメアの剛拳が、尻尾の一体を殴り飛ばした。

それだけでドラゴンの頭部は爆散するのだが、これもまた【自己再生】ですぐに生えてくる。

『いあいあ！　くとぅぐあ！』

ロクスが何か訴えかけてくるが、何を言っているか分からないので、メルトに通訳を求める。

「なんて!?」

『尻尾全部切り落としてーって言ってるよー！』

「尻尾を全部……？　分かった！　モニカ、ヤシャの尻尾全部切れるか？」

「任せて！　てぇりゃあああ！　【光刃掃滅《こうじんそうめつ》】！」

モニカが上空で大きく錫杖を振りかぶると、ユニコーンズホーンに白い光が凝縮されていく。

思い切り錫杖を振り抜いたかと思えば、錫杖の先端から光の刃が大きく伸び、そのままヤシャの尻尾九本を同時に叩き切った。

『ふんぐるぅ！』

モニカが尻尾を叩き切る瞬間に合わせて、ロクスがその体を伸ばして大きなシートのように形状を変化。

そのままヤシャの臀部にピタリと張り付いたのだった。

尻尾は再生しようとするが、ロクスの表面がぐにぐにと動くだけで突き破りはしなかった。

そして聞こえるジュウジュウと何かが溶けていく音。

「そうか！　やるなロクス！」

『いあいあ！　はすたぁ！』

ロクスのどこにそんな頭脳があるのかは分からないが、ロクスは自分の体で切断面を覆い、そこに自分の溶解液を絶え間なく注ぎ込んでいるようだ。

これで尻尾はもう封じたも同然。

「眷属達ヨ!!」

ロクスの作戦勝ちで尻尾を封じた矢先、ヤシャが叫んだ。

「眷属だと？」

ヤシャの言葉に反応して一歩下がった所、ぴしゃりと大きな水溜まりを踏んだような音がした。

咄嗟に振り返ると斬り飛ばされた腕が全てなくなっており、その代わりに真っ黒な液体が俺の周囲に満たされていた。その液体はポコポコとお湯が沸くような音を立てており、その中から真っ黒な獣や人型の影が這い出して来た。

「なんだこれきっしょ！」

「アダム様！」

思わず拒否反応が出るほどの嫌悪感がその影から感じられ、一瞬体が硬直してしまった。

敵も目の前にいる獲物を逃すはずはなく、周囲に這い出した無数の影が俺目がけて一斉に襲いかかってきた。

リリスの悲痛な声が聞こえたが、大丈夫、心配するな。

「【四離滅裂《しりめつれつ》】」

ミミルからストックしているスキルを発動させ、迫って来た影達を一瞬で切断する。

そして続けざまに【聖壁】を発動、後方に跳躍して黒い水溜まりから抜け出した。

「あぁん！　よかったアダム様ぁ！」

俺が地面に着地すると同時に、リリスが胸に飛び込んで来た。

思わず抱きとめると、リリスは瞳にうっすら涙を溜めて頬ずりをしてきた。

「だ、大丈夫だって……！　これ、そんなこすり付けるな！」

「当ててるんですわあ！　もう！　びっくりしましたわ！」

「ちょ！　真面目にやれって！　戦闘中だろ！」

そうやって心配してくれるのはありがたいけれど……俺は照れ隠しに大声でツッコんだ。

「そうですけどー……私はアダム様のおそばにおりますわ！　異議は認めませんわ！」

「はぁ、分かったよ。でもどうする？　鬼の【自己再生】があったら、どんなに攻撃しても徒労でしかないぞ」

「ですわよねぇ。ちょっとミミル！　何かいい案ないんですの？　腐っても鬼の姫でしょうに！」

打開策を求めて、リリスが戦闘中のミミルに尋ねる。

「むーとりあえず！　あれ壊さんか？」

「「あれ？」」

腕を斬り飛ばすのをやめ、ひとまず様子見でヤシャの繰り出す爪や拳をいなしていたミミルがあれを顎で示した。そこには怪しい光を発し続ける暗黒塔マリス。

「あれがなくなれば、なんとかなりそうなんじゃがの。ま、勘じゃが」

「だったら私とミミルで――いえ、私とモニカで消し飛ばしてしまいましょうか」

「分かったよリリスさん！」

「ミミルはその間ヤシャと遊んでろ」

「あいあい、承知」

ヤシャはミミルの獲物という事もあるからな、任せておいていいだろう。

ミミルは楽しそうな顔をしてヤシャと戦っているし。

「それではアダム様！　見ていてくださいですわ！」

「よし！　頑張るね！」

「はーい。いってらっしゃい」

リリスはモニカの手を取り、空へと舞い上がって行った。

『主よ。茶でもどうですかな』

いつの間にか隣に来ていたテロメアから、お茶入りの小瓶を渡された。キンキンに冷えていてとても美味しそうだ。

当のテロメアは地面に正座して、ミミルの戦闘風景を見守るようにじっと見つめている。

「って、何和《なご》んでんだよ……」

『いやはや。姫に助力などしたら八分殺しにされそうですので』

やはりこの巨躯が幼女を恐れるのは違和感があるが、ミミルの表情を見れば、テロメアの言う事も分かる。

「あぁ確かにな？　てか、そのお茶どっから？」

『先ほど冒険者の女子からいただきました。我のサイズには少々小さすぎるゆえ』

「ほう、お主も隅に置けんのう、くっくっく」

『いやいや、主には勝てませぬ』

数秒の沈黙。考えている事はきっと同じだろう。

「とりあえず……俺達暇だな」

『そうですなぁ……』

塔の頂上でリリスとモニカが、小さな太陽のような巨大な光の球体を生み出している。

きっとアレをぶち込むんだろうな。合体技だろうか？

周囲には黒い水溜まりが至る所に出来ており、先ほどから止めどなく眷属とやらが湧き出して襲いかかってくる。

その度に俺は【四離滅裂】で、テロメアは空いている手で、敵を消滅させていた。

なんとなくメルトに、周囲の水溜まりにブレスをかけてもらった所、勢いよく燃え上って消滅した。メルトはそれが楽しかったのか、今はその作業に没頭している。

「【グングニルホーリーブラスト！】」

リリスとモニカの声が遠くに聞こえ、二人によって生み出された疑似太陽は勢いよく塔に落下していった。

光球のエネルギーがもの凄いのか、塔は氷が解けていくようにするすると音もなく消滅していった。

最後に豪快な爆発音が響き渡り、塔があった場所には巨大な大穴が出来た。

「アダム様ーやりましてよ！　ぶい！」

「へへん！　ぶい！」

上空から降り立った二人は自慢げにブイサインを決めた。

さて、後はヤシャだけだが——まあ、ミミルだし、心配いらないか。

「ふん。なぁにがヤシャじゃ、偉そうにしよって。貴様は所詮獣鬼、鬼の半端者よ。そんな貴様が何をしようとどうあがこうと、この妾には勝てんのじゃ。地力《じりき》の差という奴じゃな」

腕を組み仁王立ちするミミルと、体中を再生し続けているヤシャ。ロクスは相変わらずヤシャのケツに張り付いて、ドラゴンの首を溶かし続けていた。

「グルゥゥ……我ハヤシャ也」

「あぁ、さては貴様、分かったぞ。そうやって人からヤシャ神呼ばわりされた結果、自分がヤシャと言う神なのだと、そう信じてしまったんじゃの？　クカカ、愚かしいの」

「違ウ、我ハヤシャ也、神タル存在」

たどたどしい口調で話すヤシャは、あまり知能が高そうに見えない。

「馬鹿タレ。もし神とやらなれば、妾のような小娘の後手に回る事はあるまいて。貴様は所詮獣鬼よ。大人しく頭《こうべ》を垂れ、浅ましく命乞いをするといい。そうしたら、この妾の手で消滅させてやるぞい」

塔が消滅した途端、ヤシャの力は目に見えて弱体しており、【自己再生】も遅くなっていた。

ミミルがそれを見逃すはずもなく、双斧を振り回して次々に傷を負わせていく。

「グルゥウウ……」

ヤシャも全力で反撃しているが、ミミルは余裕そうに避けている。

ヤシャは強い、間違いなく強いのだが、いかんせんミミルは元々のポテンシャルが高すぎる上に、俺のサーヴァントになってステータスがさらに上がっているので、ヤシャを圧倒している。

「まぁ獣鬼にしてはようやったわい。多少手こずったのは認めてやろう。じゃがの、これまでじゃ。貴様はこの世に歓迎されておらん。では、食わせてもらうぞ？　捕食される気分を味わうがよい」

全身を切り刻まれ、芋虫のような姿になってしまったヤシャ。

その頭にミミルは思い切り手刀を突き刺した。

「ツガッアアオオオオ！」

「大人しく食われるんじゃな。なぁに、貴様が食われる番になっただけの事……むん！」

ミミルがさらに力を込め、肩口辺りまで腕を突き刺す。

ヤシャの体は一度大きく痙攣《けいれん》した後、光の粒子となり、断末魔の叫びさえもなくミミルに吸収されていった。

「「「勝ったぞおおおおおお！」」」

ヤシャが消え去った次の瞬間、一気に全方位から勝鬨《かちどき》が上がった。

そして防御壁が消えると、味方が大地を揺らしながら全力でこちらに駆け寄ってくる。

こうして、鬼獣教との戦いは幕を閉じた。

人間側の犠牲者もいるけれど、モニカが精一杯頑張ってくれたおかげで、最小限になったはずだ。

「ふう。やっと終わったな」

「そうですわね。長かったですわ」

「私ここに鎮魂の記念碑を建てようかな？　ここで散って行った人達のためにもさ」

「いいんじゃないか？」

「ここまで大規模な戦場だと浄化が大変そうだな。まぁ、私一人でやるわけじゃないからいいんだけどね」

笑ってそう言うモニカだが、救えなかった者への懺悔の思いが表情から見てとれる。

「聖職者とはややこしい事もしなければならんのか。大変よの」

「大丈夫だよ！　それが私の生きる道だもの！」

モニカはふん！　と鼻を鳴らすと、華奢な腕で元気にガッツポーズを決めた。

ロクスやメルト、テロメアは味方の皆から感謝や労いの言葉をかけられていた。

ロクスとメルトはほぼ可愛がられているだけみたいだけれど、本人達も喜んでいるしいいだろう。

テロメアはコアなファンが出来たようだが、テロメアの言葉は皆に聞こえないので、俺が通訳をする感じになってしまった。

『主の手を煩わせてしまい……』

「気にするな。お前だって頑張ってたんだからさ」

『寛大な御心に感謝を……』

戦いの爪痕は大きく、穏やかな平原だった場所はいくつもクレーターが出来て、緑はほとんど残っていない荒涼とした場所に変わってしまった。

後日、モニカ達聖職者が鎮魂を行い、戦没者の石碑が立てられた。

生き残った者は、戦いの功績を認められて出世した者、自分の力不足を痛感して修行に出た者、己の限界を悟り戦いから身を引いて新たな道を探す者などそれぞれだった。

そんな中で、俺達聖王龍鬼はというと、一番の功労者という事で王との謁見があった。

爵位だとか領地だとか、色々褒美はもらえそうだったけれど、その全てを俺達は辞退した。

爵位や地位をもらってしまえば王都から動けなくなるし、それは窮屈でしかないと思うから。

褒美を辞退した俺達は、今まで通り自由な冒険者暮らしを楽しむつもりでいる。


「本当にいいのか？」

「あぁ、我は構わない。妻と娘も賛成していた」

「ちょっと言ってみただけなんだけどな……まさか実現するとは」

「まぁ我も冗談かと思っていたが本当の事だったとはな」

「なんかごめん」

「長い年月を生きる我らだ。数年か数十年かは分からんがそれくらいの間であれば問題はない」

そしてエスクード、ヴィエルジュ、ラシャスのストームドラゴン一家はこの王国の一等地に引っ越す事が決まった。

発端は俺が褒美を辞退した時の事。

俺のサーヴァントであるテロメアを、王国の守護神として置いてはくれないか、と国王直々に頼まれてしまったのだ。その時に、テロメアは無理だけど、よければストームドラゴンに口添えしましょうか？　と進言し、実際に聞いてみた所、エスクードはあっさり快諾してくれた。

「あ、そう言えば、エスクード達の像が建つらしいぞ」

「それは初耳だな」

「ストームドラゴンに守護されている国として、これからアピールしていくんだってさ」

「なるほど。弱き人の考えそうな事だな」

「そう言うなって」

「だが、我らの像が建つか、なんとも面白い」

「俺らも旅の拠点は一応ここだし、またちょくちょく顔を出してくれよ」

「あぁ、そうさせてもらう」

そう言ってエスクードは飲みかけの紅茶を一気に飲み干した後、ゆっくりと立ち部屋から出ていった。

新居は使われていない貴族の館を改修するらしく、その間はぶらぶらしているらしい。

改修が終わるまで様々な所へ出向き、様々な人の営みを見聞するそうだ。

「で、の。主様よ。これからどうするのじゃ？」

俺とエスクードの話が終わるのを待っていたのか、ミミルが俺の耳元で囁いた。

「あー……まだ色々片付いてないのがあるからな。ひとまずはそこらへんを片付ける」

「そうか。なら、冒険はしばらくお預けじゃのう」

「といっても一月《ひとつき》もかかんないよ。片付いたらどっかダンジョンでも行ってみようぜ」

「賛成ですわ」

「いいね！　しばらく行ってないし」

「楽しみじゃて！」

三人とも異論は無いようで、賛同してくれている。

ヤシャの全てを食ったミミルはというと、無事に元の姿に戻る事が出来た。

リリスとの仲も良好なようで、暇な時は組手やらお茶やらをして楽しんでいる。

「さて、俺も仕事するかね」

ぐぐっと背を伸ばし、立ち上がる。

これからどんな事が待ち受けているかは分からない。

けれど、皆で力を合わせて乗り越えていきたいと思う。

「よし！　皆行くぞ！」

三人を連れて、俺は宿を出る。

晴れ渡る空を見上げれば、雲一つなく太陽が変わらず輝いていた。

いずれ最強の錬金術師?
SOMEDAY WILL I BE THE GREATEST ALCHEMIST?
1~16
小狐丸
KOGITSUNEMARU
シリーズ累計(電子含む)100万部突破!
2025年1月ついに
TVアニメ化!!
コミックス
1~7巻
好評発売中!
いずれ最強の錬金術師?
小狐丸
地味～な生産職志望の僕に付与されたのは、
聖剣から空飛ぶ船まで、何でも造れる
最強スキル 錬金術!!
第10回アルファポリスファンタジー小説大賞 読者賞受賞作
アルファポリス人気ランキング 圧倒的第1位
……僕、のんびり暮らしたいだけなんだけど
1~16巻
好評発売中!
勇者召喚に巻き込まれ、異世界に転生した僕、タクミ。不憫な僕を哀れんで、女神様が特別なスキルをくれることになったので、地味な生産系スキルをお願いした。そして与えられたのは、錬金術という珍しいスキル。まだよくわからないけど、このスキル、すごい可能性を秘めていそう……!? 最強錬金術師を目指す僕の旅が、いま始まる!
いずれ最強の錬金術師?
1
原作 小狐丸
漫画 ささかまたろう
聖剣から万能薬までなんでも造れる
最強の生産スキル
錬金術発動!
大人気ファンタジー、待望のコミカライズ第1弾!
シリーズ累計10万部突破!
◎16巻 定価:1430円(10%税込)
1~15巻 各定価:1320円(10%税込)
◎Illustration:人米
◎7巻 定価:770円(10%税込)
1~6巻 各定価:748円(10%税込)
◎漫画:ささかまたろう　B6判

HIROAKI NAGASHIMA
永島ひろあき
さようなら竜生、こんにちは人生
GOOD BYE, DRAGON LIFE.
1~24
シリーズ累計
100万部!
(電子含む)
ネットで話題!
2024年
TVアニメ化
決定!
コミックス
1~12巻
好評発売中!
ネットで話題!
最強竜が人に転生!
最強最古の神竜は、辺境の村人ドランとして生まれ変わった。質素だが温かい辺境生活を送るうちに、彼の心は喜びで満たされていく。そんなある日、付近の森に、屈強な魔界の軍勢が現れた。故郷の村を守るため、ドランはついに秘めたる竜種の魔力を解放する!
1~24巻 好評発売中!
各定価:1320円(10%税込) illustration:市丸きすけ
さようなら竜生 こんにちは人生 1
最強竜が人に転生!
「村人生活も悪くない」
待望のコミカライズ!!
漫画:くろの B6判
各定価:748円(10%税込)

Re:Monster
リ・モンスター
1~9・外伝
8.5
暗黒大陸編1~4
金斬児狐
Kanekiru Kogitsune
170万部
シリーズ累計
(電子含む)
突破!
2024年4月4日~!
TVアニメ
放送開始!!
(TOKYO MX、BS11ほか)
ネットで話題沸騰
怪物転生
ファンタジー
最弱ゴブリンの下克上物語 大好評発売中!
コミカライズも大好評!
【小説】
1~9巻/外伝/8・5巻
◉各定価：1320円(10%税込)
◉illustration：ヤマーダ
新章
【小説】
1~4巻(以下続刊)
◉各定価：1320円(10%税込)
◉illustration：NAJI柳田
【漫画】
1~1巻(以下続刊)
◉各定価：748円(10%税込)
◉漫画：小早川ハルヨシ

この作品に対する皆様のご意見・ご感想をお待ちしております。

おハガキ・お手紙は以下の宛先にお送りください。

【宛先】

〒150-6019 東京都渋谷区恵比寿 4-20-3 恵比寿ｶﾞｰﾃﾞﾝﾌﾟﾚｲｽﾀﾜｰ 19F
（株）アルファポリス　書籍感想係

メールフォームでのご意見・ご感想は右のＱＲコードから、
あるいは以下のワードで検索をかけてください。

アルファポリス　書籍の感想　検索

ご感想はこちらから

本書は Web サイト「アルファポリス」（https://www.alphapolis.co.jp/）に投稿されたものを、改題・改稿のうえ、書籍化したものです。

捨《す》てられ雑用《ざつよう》テイマーですが、森羅万象《しんらばんしょう》を統《す》べてもいいですか？ 2
覚醒《かくせい》したので最強《さいつよ》ペットと今度《こんど》こそ楽《たの》しく過《す》ごしたい！

登龍乃月《とりゅうのつき》

2024年 5月31日初版発行

編集－藤野友介・宮坂剛
編集長－太田鉄平
発行者－梶本雄介
発行所－株式会社アルファポリス
〒150-6019 東京都渋谷区恵比寿4-20-3 恵比寿ｶﾞｰﾃﾞﾝﾌﾟﾚｲｽﾀﾜｰ19F
TEL 03-6277-1601（営業）　03-6277-1602（編集）
URL https://www.alphapolis.co.jp/
発売元－株式会社星雲社（共同出版社・流通責任出版社）
〒112-0005 東京都文京区水道1-3-30
TEL 03-3868-3275
装丁・本文イラスト－さくと
装丁デザイン－AFTERGLOW
印刷－中央精版印刷株式会社

価格はカバーに表示されてあります。

落丁乱丁の場合はアルファポリスまでご連絡ください。

送料は小社負担でお取り替えします。


ISBN978-4-434-33921-9 C0093